記憶喪失の侯爵様に溺愛されています 8

これは偽りの幸福ですか？

春志乃

B's-LOG BUNKO
ビーズログ文庫

イラスト／一花夜

Contents

人物紹介
リリアーナ
元エイトン伯爵令嬢。
訳あって引きこもり
だったのだが、
ウィリアムと政略結婚し……？
ウィリアム
スプリングフィールド侯爵。
王家直属のヴェリテ騎士団の
第一師団・師団長で、王国の英雄。
リリアーナを溺愛中。

ウィリアムの
乳兄弟であり、
専属執事。エルサの夫。

リリアーナの専属侍女。
幼馴染のフレデリックと
夫婦である。

フックスベルガー公爵。

侯爵家お抱えの画家。

医者。ウィリアムの旧友。

諜報を担う元騎士。

序章　真夏の結婚式

厳かな石造りの教会は鮮やかな夏の花々に彩られています。

日の光で七色に輝くステンドグラス。着飾った出席者たち。

そして、出席者たちは皆揃って、優しくこちらを見下ろす女神様の像の前に立つ二人を見守っていました。

今まさに、女神像の前で伝統的な王太子の婚礼衣装に身を包んだアルフォンス様と、真っ白なウェディングドレスに身を包んだグラシア様が誓いのキスを交わしています。

今日はクレアシオン王国にとって記念すべき日。アルフォンス様とグラシア様の結婚式が王都の教会で執り行われているのです。

私――リリアーナは、万感の思いに溢れる涙を止めるすべも分からず、零れそうになる嗚咽だけは口元をハンカチで押さえ、なんとかこらえました。

私の隣ではウィリアム様も青い瞳を潤ませて、幼馴染であり大親友でもあるアルフォンス様の晴れ姿を見つめています。

ふとウィリアム様が私を振り返り、私の涙に気付くと手袋をはめた大きな手で優しく拭って下さいました。

　昨年の社交期に出会ったアルフォンス様とグラシア様。お妃様選びは、様々な騒動が巻き起こり、相談役だった私も大変でした。ですが、今となってはたった一年前だというのにそれも懐かしく思えます。

　この一年、今日この日に辿り着くまで本当に大変でした。

　急遽決まった結婚式に、国に帰る時間がもったいないと残られたタチアナ様とポリーナ様。婿を見つけてから帰ると決めたタラッタ様。我が国で商売をすると決めたフィロメナ様。妃候補だった四人は相談役であった私を気に入って、何かとお声を掛けて下さったので、とても忙しかったのですが充実した一年でもありました。

　タラッタ様とフィロメナ様は、まだ我が家に滞在していますので、二人とは特に私も仲を深めることができ、異文化に触れる機会を得られたことは何物にも代えがたい経験となり、感謝の気持ちでいっぱいです。

「ううっ、本当にお幸せそうで……っ」

　しかし、今は何はともあれグラシア様です。

　お言葉の足りないアルフォンス様と喧嘩をするグラシア様は、何度も我が家に家出をしてきました。その度に私とウィリアム様が間に入って仲直りをさせていました。

　今日のグラシア様は、何よりお綺麗で輝いて見えます。緊張しているのも窺えますが、それよりその顔に幸福が浮かんでいました。

誓いのキスが終わると自然と拍手が起こります。

新郎新婦は手を取り合い、仲睦まじく、いったんパイプオルガンの前を横切り控室に向かいます。私たち列席者も席を立ち、拍手をしながらお二人を見送りました。

通常、我が国の結婚式は春が好まれます。結婚式の後に新婚旅行に行くのが通例ですので、気候も旅行にぴったりだからです。

ですが、社交期の終わりに突然決まった結婚式は春ですと時間が足りず、かといって秋にすると遠方からの出席者が冬までに自国に戻れなくなるため間を取って夏に決まりました。それでも通常の半分もない準備期間に、王家も貴族たちも騎士団も大忙しでした。

特に騎士団の中で王都の平和を預かる第一師団の師団長であるウィリアム様は、尋常ではない忙しさでこの一年、夫婦の時間はほとんどありませんでした。それでも僅かな時間に会いに来て下さったのですが、小説などに出てくるゾンビのほうが顔色がいいと言われるほどの有様で、顔を見るなり私を抱き締めて（過労が祟り）気絶した回数は知れません。その度にアリアナが夫を寝室まで運んでくれました。

ですので、私もですが、何よりウィリアム様がなんとか元気にこの日を迎えられたことにこっそり胸を撫で下ろしたのです。

「……リリアーナ」

アルフォンス様たちの姿が見えなくなると、ウィリアム様がひそひそと話し掛けてきました。私は「どうしました？」と顔を上げます。

「大丈夫かい？　ここ数日は仕度だなんだと大忙しだっただろう？」

「大丈夫です。今日は長丁場になるので、昨夜しっかりと眠りました」

正確には寝る前に最後の確認をとあれこれしようとしたところ、ひょいとアリアナに抱き上げられてベッドに寝かされ、エルサの有無を言わせぬ「おやすみなさい」に負けてしまったのですが。

「まだこの後は城での披露会があるからな……アルもグラシア妃殿下も分かっていて下さるから、無理はしないように」

披露会は、新郎新婦をお披露目する夜会です。王城で行われ、国中の貴族と国外からの来賓が出席します。もちろん私たちもスプリングフィールド侯爵夫妻として出席しますし、弟たちや義両親も出席する予定です。

「はい。……ウィリアム様も休める時は休んで下さいませ」

近くで見れば、目の下の隈を白粉でごまかしているのはすぐに分かります。ウィリアム様は「ありがとう」と困ったように微笑みました。私も休んで下さいと言ったものの、ウィリアム様が休めないのは分かっています。

「さて、私たちも移動しよう」

そう声を掛けられて差し出された腕に手を添え、私たちも通路へと出ます。後方の列席者から順に教会の外へ出て、門の外の馬車へ乗り込む新郎新婦を迎えるためです。

「これから行われるパレードが私や私の師団にとって一番の重要任務だ。とりあえず無事に城へ送り届けた後は、王族だけの儀式がいくつかある。城に入ってしまえばそこは近衛騎士の領分だから、私も少し休ませてもらうよ」

この後、アルフォンス様とグラシア様は屋根のない馬車に乗り、王都の大通りを通って城へ向かいます。これは普段、会うことのできない国民にそのお姿を見せるための大事なパレードです。

ですが、屋根のない馬車、無防備な新郎新婦、押しかける群衆。この三つが揃えば、その警備がどれほど大変か素人の私にも分かります。

ウィリアム様は英雄として、アルフォンス様の親友として、随一の忠臣としてこのパレードの警備の総責任者を担っているのです。

「リリアーナ、階段だよ。気を付けて」

「はい」

ウィリアム様の手を借りながら、私はもう片方の手でドレスの裾を少しだけ上げて階段を下りて行きます。

教会の外は、アルフォンス様の瞳と同じ色の空が広がっています。夏のからりとした晴れ空は結婚式に相応しいです。

「私の陰に入っているといい。まだ出てこないようだし」

日傘がないのでお言葉に甘えて、私はウィリアム様の陰に隠れるように身を寄せます。

夏の日差しが驚くほど眩しいです。

列席者たちは皆、新郎新婦が出てくるのをわくわくした様子で待っています。

「あの……ウィリアム様」

私は少しためらいがちに夫を呼びます。

「ん？」

「……その、今夜の披露会……父は、来る、のでしょうか」

ウィリアム様が瞬きを一つしました。

私が口にしたのが、お父様と慕う公爵様のほうではなく、「実の」と頭につくほうの父だと察してくれたのでしょう。

披露会は国中の貴族が爵位に関係なく呼ばれます。よほどのことがない限り欠席は認められないとお義母様が教えてくれました。

父とはセドリックを迎えに実家に帰ったあの騒動の時以来、会っていませんでした。

あれ以降、父は領地にこもり、これまでのずさんな領地運営を反省し、またウィリアム様への借金を返済するために地道に仕事をこなしていると聞いています。

もし父も参加するのならば、ある程度の心の準備をしたいと思っていました。サンドラ様と同じく私を憎む父は少し恐ろしいままです。それに男性である父の振り下ろす鞭は、サンドラ様の何倍も痛かったのを体がいまだに覚えているのです。

ですが、ウィリアム様は結婚式間近になるとほとんど帰ってこず、他に聞ける人もおらず今日に至ってしまったのです。

「……義父上は、来られないんだ」

ウィリアム様が眉を下げて小声で告げました。

「来られない？　参加しなくても大丈夫なのですか……？」

父はともかく将来エイトン伯爵位を継ぐ弟に影響はないのでしょうか。

「それは大丈夫。エイトン伯爵家の代表として、セドリックが出席することになっているからね。実はセディにはもう話してあるんだが……」

そこでウィリアム様が一度、言葉を切りました。

話すのを迷っているような仕草に私は、彼を見つめてその先をお願いします。私の視線を受け止めたウィリアム様が少しの間を置き、口を開きます。

「忙しい君にこれ以上心配をかけたくなくて黙っていたんだが……先月、激しい嵐がエイトン伯爵領を襲ってね、なかなか被害が大きくてその復興に追われているんだ。とてもじゃないが今は領地を離れられない」

「……ですが、そんなお話は初めて……新聞にも載っていません」

「被害を受けても基本、公にはしないよ。要は弱味だからな。新聞に載せるのは実際の十分の一以下ぐらいの被害報告だ。それにエイトン伯爵家は、今や私──スプリングフィールド侯爵家の縁戚だ。余計に公にはしない。ただ人的被害はほとんどないから安心してくれ。一番大きな橋が破損して物流が少し滞っているから、暴動が起きないように監視を強めているんだ。領主が現地にいるのといないのとでは、領内の平穏は違うからね」

以前に冬の間は領地にいるお義父様にそのお話を聞いたことがありました。不安な時こそ領主やそれに代わる人がいたほうが領民が安心するのだと。

「だから安心して参加すると良い」

私の心を理解して下さっているのが伝わってきて、ありがとうございます、とお礼を伝えます。

「そうだ。ついでに良い報せだ。秋には、アルフォンスが長期休暇をくれると約束してくれたんだ」

「まあ、そうなのですか？」

「ああ。ここ数年、信じられないくらい忙しかったからね。とは言っても新婚旅行ほどの長期休暇ではないんだが」

「でしたら、ゆっくりお休み下さいませ。ウィリアム様の健康が第一です」

「ありがとう。だが、二週間ほどは貰える予定だから、どこかに出かけないか？」

二週間もあるのなら、最初と最後にゆっくり休めば、お出かけもお仕事への復帰も大丈夫なように思えて、私は頷きました。

「そういうことでしたら、是非」

「良かった。では、どこに行きたいか考えておいてくれ。もちろん弟たちも一緒に。だが、一日くらいは君と二人きりで出かけたい」

「ふふっ、私もです。ウィリアム様」

私が嬉しくなって笑みを零すと、ウィリアム様も嬉しそうに目を細めました。

「スプリングフィールド侯爵様、こちらをどうぞ」

不意にメイドさんが小さな籠を私たちに差し出しました。中には赤、ピンク、白の薔薇の花びらが入っています。

周りの列席者にもメイドさんたちが花びらの入った籠を配っていました。

これは、教会から出てくる新郎新婦に向けてかける花びらです。私たちからの祝福を花びらの形に変えて、二人の門出を祝うのだとお義母様に教わりました。

ウィリアム様に「ほら、どうぞ」と言われて私は花びらを手のひらの上に載せて包みます。ウィリアム様も同じように花びらを手にした時、教会の扉が開きました。

「アルフォンス王太子殿下、並びにグラシア妃殿下の門出でございます！」

その一声にお二人が馬車へと向かって歩き出します。

私たちも近くに来た時、お二人に向かって花びらを投げました。

私は今日のために義妹で親友のクリスティーナにお花を投げる練習を見てもらったのです。練習の成果が出たようで、私は後ろではなくグラシア様にちゃんとお花をかけることができました。

一瞬、目が合ったグラシア様は微笑んで下さって、私も笑みを返しました。

アルフォンス様とグラシア様は、無事に馬車へと到着し、アルフォンス様がひょいとグラシア様を抱えました。

グラシア様は顔を真っ赤にして何か言っていますが、アルフォンス様は幸せそうな笑顔でさっさと馬車に乗り込みました。きっとまた事前に打ち合わせのないことだったのでしょう。顔を真っ赤にしながらも幸せそうなグラシア様と締まりのない笑みを浮かべるアルフォンス様に私とウィリアム様は顔を見合わせて、くすくすと笑い合いました。

「ジュリア。後は頼む」

「はい。奥様のことはお任せ下さい」

いつの間にか傍に来ていたジュリア様がウィリアム様に騎士の礼を返します。ウィリアム様は、こちらにやって来たフレデリックさんが差し出した帽子を被ると私に顔を向けます。

「では、行ってくる」

「無事にお城へ到着することを心よりお祈りしております」

ウィリアム様は私の言葉に頷いて、馬車のほうへと早足で向かって行きます。私は、夫たちの姿をちゃんと見たくてジュリア様と共に教会の階段を上がっていきました。

すると群衆の向こうに馬車が見え、並んで座るアルフォンス様とグラシア様の後ろに立つウィリアム様のお姿がありました。一番近くでお二人を守る役目を担っているのです。

準備が整ったのか、出発を知らせるラッパの音が鳴り響き、ぴんと背筋を伸ばしたウィリアム様が「出発進行！」と声を上げると、隊列がゆっくりと動き出しました。

もう既に沿道には観衆が集まっていて、アルフォンス様とグラシア様が手を振っています。

「ふふっ、本当にお幸せそうで何よりです」

「ええ。あんなに締まりのない殿下の顔を見るのは初めてです」

ジュリア様がくすくすと笑いながら言いました。

「さあ、奥様、私たちも一度、屋敷へ戻りましょう。夜の披露会までにまたあれこれ準備しなくては」

「そうですね。早く帰らないといけません」

私はジュリア様の言葉に頷きます。

侯爵家には夜の披露会までの時間を持て余した地方に住む親戚の方々が来ることになっているので、そのおもてなしをしなければいけないのです。

私はジュリア様と共に急ぎ我が家へと舞い戻るのでした。

「奥様、お疲れ様でございました」

「エルサもアリアナも一日中、動き回って疲れたでしょう？　明日は昼過ぎまで休んでもいいって、お義母様が言って下さったので、二人もゆっくりして下さいね」

私の寝室で寝る前のハーブティーを淹れてくれているエルサにそう声を掛けます。

披露会も無事に終了し、ウィリアム様をお城に残し、私は一足先にお義母様たちと一緒に帰宅しました。家に着く頃には、日付はとっくにまたいでいて、とっぷりと深い夜が私たちを迎えてくれました。

それからドレスを脱いで、身を清めたり、寝る前のお手入れをしたりして、ようやく寝室に辿り着きました。

なんとなくまだ興奮が冷めやらず、ソファに座ったのですが少し後悔しています。どっと疲れが出てきて、なんだか立ち上がる気力もありません。どうせだったらベッドに座ればよかったです。

「この一年の間、奥様は本当にお忙しかったのですから、当面、ゆっくりお過ごし下さいませ」

　エルサがハーブティーをテーブルに置きながら言いました。

「奥様の身に何かあったらそれこそ一大事です！」

　タラッタ様から頂いたお香の準備をしていたアリアナも、エルサの言葉に加勢します。

「そうね、少し休まないと……ありがとうございます、エルサ」

　ウィリアム様は今夜は戻れないと会場で言われました。色々と後処理があるそうです。そのため、夫婦の寝室の広すぎるベッドは寂しいので私室にいます。むしろこの一年はほとんどの夜を私室で過ごしていました。

　自分でもここ一年、寝込んだりもしましたが相談役として侯爵夫人として、少し無理をしてきた自覚があります。今後のためにも明日からはできるだけ体を休ませるべきですね。

「奥様？」

　なかなかハーブティーに手を伸ばさない私に気が付いて、エルサが訝しげに眉を寄せます。私は「眠くて」と苦笑いをしながら、手を持ち上げようとするのですが動きません。

　まるで石のように重いのです。

「奥様、失礼いたします」

　エルサの手が伸びてきて私の額に触れ、次に首筋に触れました。

「奥様、酷い熱です……！」

　エルサの表情が険しくなったかと思えば、驚きに目が見開かれました。返事をしたいのですが、声が出ません。

「アリアナ、今すぐ奥様をベッドへ！　私はモーガン先生を呼ぶように伝えてきます！」

　その背に大丈夫です、と言いたくて口を開いたのですがなんの音も出てきません。

　ふわりと体が浮いて、私を横抱きにしたアリアナが「奥様ぁ」と半泣きになっているのが見えました。安心させようとその頰に手を伸ばしたいのに、やっぱり体は石のように重く動きません。

　アリアナが何かを言っていますが、それもよく聞き取れず、私はそこで意識を手放してしまったのでした。

第一章 驚きの再会

『この一年以上、ずっとお忙しくされて気を張っておられましたから、無事に王太子ご夫妻の結婚式を終えて、その疲れが出てきたのでしょう』

それが三週間前に倒れた私へ、モーガン先生の出した診察結果でした。

アルフォンス様とグラシア様の結婚式を終えた夜に倒れた私は、一週間以上も高熱を出して寝込んでしまいました。その上、微熱が今も尚下がらず、少しでも喋ると咳が出て止まらなくなってしまうため、ずっとベッドの中にいます。

寝込んでいる間に夏が終わってしまい、窓の外はだんだんと秋の気配が色濃くなっています。

人の体とは不思議なものでベッドにただ横になっていると咳が止まらなくなるので、クッションを背中にいくつも入れて少し体を起こしたまま、最近の私は過ごしていました。

うつらうつらとしていると、ドアの開く音と足音が聞こえて顔を向けます。

騎士服姿のウィリアム様が私のもとへやって来ました。

「リリアーナ、市場の見回り中に美味しそうなリンゴを見つけたんだ。モーガンにリンゴは喉にもいいと聞いたから、後ですりおろすか、ジュースにしてもらうといい」

ウィリアム様はこうして仕事の合間を縫って私の顔を見に来たり、家にいる時はできうる限り私の傍にいて看病をして下さったりしているのです。

『ありがとうございます』

私は唇だけでそう告げました。

「いいんだ。私がしたくてしていることだから」

ウィリアム様は、唇の動きで何を言っているかが分かるそうなので、とてもありがたいです。

手袋を外した大きな手が私の額に触れました。

「まだ熱いな」

「なかなか熱が下がらないようでして、モーガン先生がお薬を替えてみるとおっしゃっていました」

エルサが横で説明を付け足します。

「そうか。昨年の社交期から本当にずっと大忙しだったんだ。リリアーナ、今は何も考えずゆっくり休みなさい」

『でも……』

折角秋には出かけようと約束をしていたのに、このままではいつになるか分かりません。

「大丈夫。私の休暇は、君が元気になったら改めて申請するよ」

私の心の中を読んだのか、ウィリアム様がそう言って優しく笑います。

「あまり気に病まないでくれ。ベッドにいる間は暇だろう？　どこへ行きたいか考えているといい。候補地が見つかったら教えてほしい。一週間あれば少し遠出もできるから」

ウィリアム様が優しく私の頬を撫でてくれます。

「真面目な君のことだから、寝込んでいることに焦りや罪悪感を覚えているかもしれないが、何も心配することはない。君が誰より頑張っていてくれたことは皆、分かっているからね。たまには自分の楽しみのために時間を使うといい。私だって暇さえあれば、君や弟たちとどこへ行こうか考えているんだよ」

そう言って穏やかに目を細めたウィリアム様に、私は胸がいっぱいになりながら、頷いて返しました。優しい旦那様の妻でいられて、本当に幸せです。

「旦那様、お時間です」

フレデリックさんの声がドアのほうから聞こえました。

ウィリアム様が私の額に名残惜しそうにキスをして立ち上がります。

「では、行ってくる」

『いってらっしゃいませ、お気を付けて』

ああ、と頷いてウィリアム様は、何度も振り返って私に手を振りながら（途中、痺れを切らしたフレデリックさんに引きずられるようにして）、お仕事へと戻って行きました。

『はやく、なおさない、と』

出そうになる咳をこらえながら零します。

引き続き我が家に滞在中のタラッタ様と商売にいそしむフィロメナ様。

お二人も一日に一回は私のお見舞いに顔を出して下さいます。

一週間前に自国へ戻られたタチアナ様とポリーナ様も、出発直前にお見舞いに来て、お花を下さいました。他にも義両親や祖父母はもちろんお父様と慕うガウェイン様や孤児院の子どもたち。たくさんの人々が私を心配してくれているのです。

すると唇が読めずとも私の心を読んでくるエルサは、布団の上に出ていた私の手をしまいながら首を横に振りました。

「今は焦らず、ゆっくりお休み下さいませ」

そう言ってエルサが私の頭を優しく撫でます。

寝込んでいるせいで、体力が落ちているのでしょう。その手の温かさに睡魔がじわじわとやって来て、まだ起きていたいのに瞼はその意思に反して重くなっていきます。

「おやすみなさいませ、奥様」

エルサの優しい声を聴きながら、私は再び眠りに落ちたのでした。

倒れてから一カ月と少しして、ゆっくりとですが私は回復し、ようやくベッドから出ることができるようになりました。

ただ随分と長い間寝込んでいたので、それでなくとも心もとなかった体力が更に落ちてしまい、そちらはまだまだ回復に時間がかかりそうです。

「ふぅ……」

起き上がって少し何かするだけで疲れてしまいます。

私を心配してたくさんの方々がお見舞いのお手紙や贈り物を下さいました。そのお返事をできるだけ早くお返ししたいのに、ままなりません。

お花は寝室に飾ってもらっていたのですが、お菓子などは食べられなかったので弟たちやタラッタ様にフィロメナ様、メイドさんに食べてもらいました。食べることが大好きなアリアナと画家のレベッカさんが特に喜んでいたかもしれません。

「あら、ルネ様からのお手紙です」

「それは今朝、届いたものですよ。一番にお読みになりたいかと思いまして」

エルサがそう教えてくれました。

ルネ様はセレソ伯爵スリジエ家の若奥様で私の友人の一人です。

この一年ほど、ルネ様も忙しかったようで夜会などで顔を合わせることがありませんでした。もしかするとルネ様は、騎士である旦那様の勤務地の港町のほうにいたのかもしれません。

　色々と考えながら友人の手紙を読み、私は目を見開きます。

「まあ……！」

「どうされました？」

「奥様？」

　傍でお見舞い品を仕分けしていたエルサとアリアナが振り返ります。

「君の友人に何かあったのか？」

　その奥でお菓子を食べていたタラッタ様も首を傾げます。

「ルネ様、昨年、男の子を出産されたそうです」

「まあ！」

「それはおめでたいですね！」

　エルサが驚きアリアナが笑みを浮かべます。

「昨年？　随分と報告までに時間が空いたな。もう秋だ。何かあったのか？」

　タラッタ様が心配そうに眉を下げました。

「はい。実は生まれたのが昨年の初夏。……お子さんは健康そのものだったそうですが、酷い難産でルネ様自身の産後の肥立ちが悪く一年以上、港町ソレイユのほうで療養していたそうです。それで最近、ようやくこちらに帰ってきたと」

私は便せんの上の丁寧な文字を指で辿りながら答えます。三人とも顔を見合わせ、驚きをあらわにしていました。

「もう、大丈夫なのか？」

タラッタ様の問いに頷きます。

「お手紙にはそう書いてあります」

そういえば、二年ほど前の冬にお会いした時に彼女が旦那様にサプライズをしかけたと言っていたのを思い出しました。その時、春になったら私たちにもそのサプライズの内容を教えられるとも言っていたのです。きっと、春になれば安定期に入るので、教えられるということだったのかもしれません。

ですが、春から社交期にかけて私は突然決まったアルフォンス様の妃選びに相談役として駆り出されていたので、ルネ様は忙しい私を気遣って下さったのでしょう。

「モーガン先生から許可が下りたら、会いに行ってもいいでしょうか。ルネ様も落ち着いたら是非と言って下さっているのですが」

私はエルサに尋ねます。

「もちろんです。咳の発作も大分治まっていますし、あと少しで許可が出ると思いますよ」

エルサが頷いてくれました。

「許可が下りるまでに時間もあるでしょうから、ルネ様のお子さん用に何か作りたいですね。……何が、いいでしょうか」

「一歳と少しということなら、これから冬になりますし毛糸の帽子などいかがでしょうか？」

「毛糸の靴下もいいんじゃないか。何分、この国は冬が寒すぎるんだ」

冬のない常夏の国の出身であるタラッタ様にこの国の冬は寒すぎるようで、昨年もありとあらゆるものを着込んで、シルエットが雪だるまのようになっていました。その分、夏はとってもお元気なのですが。

「ご友人に食べられるものを聞いて、赤ちゃん用のお菓子なども喜ばれるかもしれませんよ！　味見は私が！」

「アリアナが食べたいだけじゃないの」

わくわくした様子のアリアナに、エルサが呆れたようにため息を零しました。

「ふふっ、お祝いの品を選ぶのは楽しいものね。早速、お返事を書かないと……」

私は真新しい便せんにペンを走らせます。

「奥様、そのお返事を書き終えましたら、休憩のお時間です」

「分かりました」

私は返事をしながらもお返事を書き進めます。

そして、ルネ様へのお返事を書き終えた後は、約束通り皆で休憩をしました。

もちろん話題はルネ様とその赤ちゃんへのお祝いの品を何にするかで、まだ会いに行く日も決まっていないのに、私たちはあれもいいけど、これもいいと品選びに悩むのでした。

「まさかウィリアム様と一緒に行けるなんて、嬉しいです」

私は隣に座るウィリアム様を見上げて言いました。目が合うとウィリアム様が「私もだよ」と笑って下さいました。

今、私たちはセレソ伯爵家――ルネ様のところに向かっています。

モーガン先生から外出許可がやっとのことで下りてすぐ、私はルネ様に訪問のお伺いを立てました。ルネ様からはいつでもとお返事があり、私も療養中ということで予定を入れていなかったため、日時はさくさくと決まりました。

お祝いの品を準備して、今日は出かけてきますと弟たちに告げた朝食の席で、ウィリアム様が「私も一緒に行きたい」と言い出したのです。

実はウィリアム様は、今朝、突然お休みになったのです。というのも騎士団では事件が起こると予定通りに休むことはできないので、その分、こうして休める日に休むよう、突発的にお休みになることがあるのです。

　ですが、こればかりは私が決められることではありません。ルネ様にお伺いを立てると「是非、ご一緒に」と良いお返事を頂けたので、こうして夫婦で向かっているのです。

「お祝いの品は何にしたんだい？」

「ふふっ、着いてからのお楽しみです」

　私は口元に人差し指を当てます。

　ウィリアム様は「君の部屋に編み物のあれこれが出ていたし、だが、昨日は厨房にいたし……」と推理を始めました。

　そうしてウィリアム様が頭を悩ませている間に、セレソ伯爵家に到着しました。

　馬車を降りて、執事さんが迎えてくれて、私たちはサロンへと案内されました。

「ルネ様、本日はお招き下さり、ありがとうございます」

「突然の来訪、快く受け入れてくれてありがとう。ルネ夫人」

「リリアーナ様、それに侯爵様もようこそ」

　窓際にいたルネ様が振り返ります。

　私は思わず息を呑みました。

　最後に会ったのは、二年前の冬。あの時よりも、ルネ様は随分とやつれて、なんだかとてもはかなげな様子です。

「ルネ様、大丈夫ですか？」

「こんな姿でごめんなさいね。でも、大分調子はいいのですよ。どうぞ、おかけになって」

促されて私たちはソファに並んで座ります。

すぐにメイドさんがお茶の仕度をしてくれて、美味しそうな焼き菓子も添えられました。

「リリアーナ様も長い間、臥せっていたと聞きました。もうお加減はよろしいのですか？」

「はい。この一年、気を張りっぱなしだったので疲れが出てしまったみたいで……」

「お妃様選び、突然でしたものね」

ルネ様が苦笑を零します。

「ルネ様も本当にもう大丈夫なのですか？」

「ええ。おかげさまで……随分と難産で生まれるまでに二日もかかって、それから私は体調を崩してしまったんですの。あの子を産んでから八カ月は、ほとんどベッドの上でした。けれど、なんとか回復して、こう見えて体重も徐々に戻っているのですよ。夫が仕事に行かないと駄々をこねて大変だったんですから」

そう言ってルネ様はティーカップを手に取り、口へと運びます。私も一度、落ち着こうと紅茶を口にしました。ふわりと優しく茶葉が香ります。

「本当は安定期に入ってからか、いっそ、生まれてからお知らせしようと思っていたのだけれど、殿下のお妃選びやいきなりの結婚式でリリアーナ様がお忙しそうで……しかも私も予定外に長いこと寝込んでいたものだから、お報せが遅くなってしまってごめんなさい」

　私は思わず首を横に振りました。ぎゅうっとドレスの裾を握り締めます。

「ルネ様がご無事で、本当に良かったです……っ」

「ありがとう、リリアーナ様。私も夫や両親、友人や……何より息子を遺さずに済んで、ほっとしているの」

　ルネ様はくすぐったそうに微笑みました。その目に光るものが見えましたが、私の目にも同じものがあるでしょう。

　彼女はクリスティーナの次に私のお友だちになってくれた方です。穏やかで優しくて、大好きな友人が元気になってくれたことが嬉しいです。

　その時、こんこんとノックの音が聞こえました。

「ふふっ、息子が来たみたい。どうぞ」

　ルネ様が目元を指先で拭いながら笑って答えると、ドアが開きました。そこにはメイドさんが立っていて、ルネ様が「息子の乳母よ」と教えてくれました。

「坊ちゃま、お母様がお呼びですよ」

乳母さんが後ろに声を掛けると、彼女のスカートの陰から小さな男の子が顔を出しました。

「まあ、可愛らしい！　あの子が？」

「はい。息子のイレールですわ。イレール、お母様のお友だちよ」

ルネ様が愛おしそうに呼ぶと、母親を見つけたイレールは、よちよちとこちらに歩み寄ってきます。

「あう」

ルネ様のスカートをふくふくの小さな手がぺんぺんと叩きます。

「ほら、イレール、こんにちは」

ルネ様が促すと人懐こい性格なのか、よちよちと歩きながら私たちのもとへやって来ます。転んでしまわないかハラハラしながら到着を待ちます。

「気を付けるんだぞ、坊や」

ウィリアム様が心配そうに声を掛けます。

「あー、ちわ！」

目の前で止まったイレールは、ぺこっと頭を下げました。大きな頭が重くて転びそうになり、慌ててウィリアム様が支えます。

「こんにちはって言っているのです。最近、少しずつだけど喋るようになってきて」

ルネ様が説明をして下さいました。

「なるほど……こんにちは、イレール」

「こんにちは、イレール」

「あい！」

私たちにお返事を貰えたのが嬉しかったのか、イレールは満面の笑みを浮かべました。

なんて可愛らしいのでしょう。自然と顔が緩みます。

「だこ」

短い腕がウィリアム様に伸ばされます。ウィリアム様がその意味を汲み取って、ひょいと抱き上げました。

「す、すみません。侯爵様」

ルネ様が慌てますが、ウィリアム様は首を横に振ります。

「役得です。弟が幼かった頃を思い出します」

そう言ってウィリアム様は、慣れた手つきでイレールを膝に座らせました。ウィリアム様は昔から侯爵家の運営する孤児院にもよく顔を出していたので、子どもの相手がお上手なのです。

「そうでした。お祝いの品を用意したんです」

私は大事なことを思い出して、立ち上がりソファの後ろを回ってウィリアム様の横に置かれていた包みを手に取り、ルネ様に差し出します。

「嬉しいわ。何かしら？　開けても？」

「もちろんです。……気に入っていただけるといいのですが」

私はドキドキしながら頷きます。

ルネ様が丁寧な手つきでリボンをほどいて包み紙を開き、箱の蓋を持ち上げます。

「……！　まあまあまあ！」

ルネ様の顔がキラキラと輝きました。

お祝いの品として私が用意したのは、イレール様用のブラウンの毛糸の帽子と手袋、マフラーと靴下、それと、お義母様と一緒に行ったお店で見つけた赤ちゃん用のブラウンのポンチョです。

「なんて可愛いの。うちの子がクマさんになれるのね？」

「はい。お店でこのポンチョを見つけて、思いついたのです」

そうなのです。実は、毛糸の帽子にはクマの丸い耳、二股の手袋と靴下は黒い肉球の模様を手のひら側と足の裏側に編み込んだのです。

「しかもリリアーナ様の刺繍までありますわ！」

ポンチョがシンプルなデザインだったので、胸ポケットから顔を出すウサギの刺繍を入れてみました。

「お願い、イレールに着せてみて」

ルネ様が乳母さんを呼んで一式を渡しました。

ウィリアム様からイレールを預かると乳母さんは「お可愛らしい」と言いながら、ポンチョを着せて帽子を被せ、手袋をイレールの小さな手にはめました。

「か、かわいい……！」

「うちのこ、かわいい！」

私とルネ様は思わず口元を両手で押さえます。

目の前で世界一可愛いクマさんが爆誕しました。ウィリアム様も「かわいい……」と頬を緩ませています。壁際にいるメイドさんたちも顔が緩んでいます。

それからひとしきり、イレールを褒めそやし、私も抱っこをさせてもらいました。

「あーう？」

座っている私の膝の上でイレールは私を見上げて首を傾げます。

片手で支えてその頬をつんつんしてみると、あまりの柔らかさに感動しました。

「可愛いですね、イレール」

「かーいね」

大人の言葉を真似してイレールはにこにこしていて、ますますその可愛さに胸がきゅんきゅんします。

　イレールのほっぺはもちもちで発酵させたパン生地のようでした。それにずっしりとした温かな重みはその分、幸せを全身で感じさせてくれました。幸福の塊のようです。

　名残惜しいですが、お互いまだ本調子ではないからと少し早めに切り上げて、また会う約束をして私たちはルネ様のもとを後にしました。

「本っ当に、可愛らしかったですね」

　馬車の中で私はにやける頬を押さえて、イレールの可愛さを思い返します。

「ああ。そうだな」

　クマさんに変身したイレールがよちよち歩くと、ポンチョの後ろにこっそりと付けておいた丸い毛糸の尻尾も揺れて、平和で可愛らしい光景でした。

「ルネ様もイレールの様子に楽しそうで、贈り物も喜んでもらえて良かったです」

「そうだな」

「無事に回復されて何よりです」

「……ああ」

　ふと、お返事がどことなく心ここにあらずな声音なのに気付いて、私は隣を振り返ります。

　ウィリアム様は、自分の手元に視線を落としていました。その先を追いかけますが、大きな手には何もありません。

結婚式を終えていくらかお仕事が落ち着いたとはいえ、やはりお疲れなのかもしれない、と私はその手にそっと自分の手を重ねました。

「ウィリアム様、大丈夫ですか？　どこかお加減が……」

覗き込むようにその顔を見ると、青い瞳が私を捉えて、はっと見開かれました。

「すまない、少しぼーっとしていた。具合が悪いわけじゃないよ。イレールが可愛かったと思ってね」

ウィリアム様は照れくさそうに頬を指で掻きながら眉を下げました。イレールを抱っこした時の温もりをご自身の手を見て思い出していたのかもしれません。私もしばらくはあの頬の柔らかさをパンを見る度に思い出すに違いありません。

私は今年の春に十九歳になりました。ウィリアム様のもとに嫁いで、四年の月日が流れました。

十七歳の時に三年後、と約束したのですから、来年には改めて子どもについて考えるべき年になります。

「はい。本当に可愛らしかったです。私もいつか……」

「そうだ、リリアーナ」

いつか私たちの子を抱いてみたい、と続くはずだった私の言葉を遮るようにウィリアム様が口を開きます。

「休暇、そろそろ調整を始めたいんだが、どこか行きたいところは決まったかい？」

「え、あの、えっと、弟たちは森に出かけたいと」

急な話題の転換に戸惑いながらも答えます。

「森か、ピクニックだな。うん、いいかもしれないな」

ウィリアム様は、元気にわくわくした様子です。一瞬、覚えた違和感を胸に残しつつ、私は「はい」と返事をします。

「リリアーナ、またサンドウィッチやデザートを作ってくれるかい？　もちろん体に無理のないようにでかまわないが……」

「もう大丈夫です。モーガン先生に許可だって頂いているんですから」

優しい気遣いに笑みを返すと、ウィリアム様は「なら、食べたい具材を指折り数え始めました。チキンのやつと、あ、ローストビーフとポークソテーも捨てがたいな……」と食べたい具材を指折り数え始めました。全部お肉ですが、我が家の男性陣は、皆、お肉が大好きなのです。

その姿は私におねだりをする時の弟たちにそっくりで私はくすくすと笑いながら、先ほど覚えた違和感は、きっと気のせいだったのでしょう、と結論付けて、その姿を見守るのでした。

第二章　王太子夫妻の仲裁役

「リリアーナ様とシャーロット様のおかげで、社交界でも我が商会の石鹸や化粧水は大人気でして、本っっっ当にありがとうございます！　その上、シャーロット様がご友人の方にお話しして下さったので、空き店舗まで見つかって！」

フィロメナ様が拳を握り締め、熱く語る姿を私とお義母様はニコニコしながら眺めます。

穏やかな秋の昼下がり。日当たりの良いサロンで、私たちはお茶を楽しんでいました。

フィロメナ様は妃選びで我が国に来て以来、一生懸命お仕事に勤しんでいます。だんだんと顧客が増えて、商売も軌道に乗り始め、今では王都でフィロメナ様の石鹸や化粧水は大人気です。

私も愛用しているのですが、お肌がもちもちのつるつるになる上、お花の良い香りがしてとても素晴らしいのです。文通を再開しましたので、ルネ様にもプレゼントしました。

お義母様は化粧品もですが、明るくハキハキしているフィロメナ様自身をすっかり気に入り、彼女が王都にお店を構えるのを全面的に支援しているのです。

「良いものというのは、環境が整えばしっかりと売れるのですよ」

お義母様の言葉にフィロメナ様は「はい！」と嬉しそうに頷きます。

「大奥様、奥様、いつものお客様がいらっしゃいました」

ふいにアーサーさんが顔を出して告げた言葉に私とフィロメナ様は苦笑し、お義母様は額に手を当てて、呆れたようにため息を吐かれました。

「またなのね……お通ししてちょうだい」

「はい」

アーサーさんが下がって間もなく、タラッタ様が部屋に入って来ました。

タラッタ様は婿探しをすると公言して以降、騎士団やお城の近衛騎士様に交じって鍛錬をされています。確か今日は王城で近衛騎士様と鍛錬をしていたはずです。

「ただいま戻った。……お土産つきでな」

そう言って苦笑するタラッタ様のお腹には、女性の腕ががっしりと巻き付いています。

「グラシア妃殿下、今回はどうなさったんですか？」

お義母様が、やれやれといった様子で問いかけると、タラッタ様に抱き着いていたグラシア様が顔を上げました。涙と鼻水で淑女にあるまじきお顔になっています。

私は立ち上がり傍へと行きます。

「リ、リリアーナ様ぁ！」

わーんと子どもみたいに抱き着いてきたグラシア様を受け止めて、よしよしと背中を撫でます。

「今日はどうなさったんです？」

問いかけますが、グラシア様はわんわんと泣くばかりです。

我が侯爵家にグラシア様が家出をしてくるのは、珍しいことではなく、むしろ最近では日常の光景となっています。

自由だった母国の暮らしと正反対の、遠い他国での暮らし。心の負担も多かろう、と王家からきちんと許可を頂いております。それに少しおてんばなグラシア様に、淑女としての立ち居振る舞いを私が講師となって教えているのです。王族としての振る舞いは、王妃様や王女様に教わっているそうです。

我が家への家出はグラシア様にとっての息抜き。夫婦仲を良好に保つための大事なことなのですが、なんだか今日はいつもと様子が違います。

「タラッタ様、一体、何があったんですか？」

隣にやって来たフィロメナ様が、グラシア様の頭を撫でながら問いかけます。

タラッタ様が困ったように頬を指で掻きます。

「それが、さっぱり。ワタシの休憩中に侍女に連れられグラシアがやって来た時には、この状態だったんだ」

「貴女たち、そんなところで話していると冷えますよ。こちらにいらっしゃいな」

お義母様に言われて私たちは、ぞろぞろと移動します。ちょっと歩きづらいですが、グラシア様はくっついて離れません。

私はお義母様の隣にグラシア様を座らせて、その隣に腰かけ、フィロメナ様とタラッタ様は向かいの席に並んで座りました。

「エルサ。目元を冷やすものをお願いしてもいいかしら」

「もう用意してございます」

エルサがパンパンと手を鳴らすと、アリアナがワゴンを押してやって来ました。そして、冷たいお水につけたタオルをぎゅっと絞って差し出してくれました。私の侍女たちは今日も優秀です。

「グラシア様、どうぞ」

私が差し出した冷たいタオルを受け取るとグラシア様は、ぎゅうっと目元に押し付けました。常ならば「アルの馬鹿が！」と怒り出すグラシア様が、しくしくと泣き続けている様子に、呆れ顔だったお義母様も心配顔になりました。

そもそもこんなに泣いているグラシア様は珍しいのです。いつもはぷりぷり怒っているだけですから。

「グラシア様、どうなさったのですか？」

お義母様が優しく背中を撫でながら問いかけます。

ひっくひっくとしゃくり上げるグラシア様に、お義母様が「ゆっくりでいいですわ」と声を掛け、私も彼女が落ち着くように優しく背中を撫でます。

「ア、アルが……っ」

ようやくグラシア様が口を開きました。

「アルフォンス様が？」

「わた、わた、しに、なんの相談も、なく、勝手に、子どもの、名前、決めてきたんですっ」

私たちは四人揃って顔を見合わせ、なんとなくグラシア様の下腹部を見て、またお互いに顔を見合わせました。

「グ、グラシア様……！」

「も、もうご懐妊ですか⁉」

「君、馬車になんか乗って大丈夫だったのか？」

「お医者様を、お医者様を呼びますか⁉」

私、お義母様、タラッタ様、フィロメナ様、と全員、大混乱です。

グラシア様のお子は、将来の我が国のお世継ぎです。その御身に何かあれば、大問題どころの話ではありません。

「ちがっ、違います、まだ、子どもなんて、影も形も、この世にありませんっ！」

モーガン先生を呼びに行こうとしていたアーサーさんが足を止め、エルサが膝掛けをグラシア様にかけようとして止まり、アリアナが出そうとしていた紅茶（妊婦さんに紅茶はよくないと前に聞きました）を引っ込める手を止めました。

「待ってちょうだい、いったん、落ち着きましょう」

お義母様が指先を額に当て、もう片方の手を前に出して言いました。

「まず一番大事なことだけれど、グラシア様は妊娠しているわけではないのですね？」

「はい……っ。絶対にないです……っ」

グラシア様がぐすぐすと鼻をすすりながら頷きました。

「アルが、こ、子どもは、私がこちらの生活に慣れて、王城での立場を、きちんとしたものに、して、からと。それは、ちゃんと、話し合いで、決めました」

泣きすぎてしゃくり上げるグラシア様に、エルサが膝掛けをかけて、アリアナが紅茶を差し出しました。私がカップを手に取りグラシア様の口元に近づけると、グラシア様はちびちびと紅茶を口にしました。

「そう……影も形もないのに殿下は、名前を決めてきたというのですか？」

こくん、とグラシア様が頷きます。

「な、なんか勢いで、決め、てきた、と……っ」

紅茶を飲んで、グラシア様が懸命に口を開きます。

「王族は、歴代の王族から名前を頂く慣例が、あって、だから、選んできたって……っ」

確かアルフォンス様のお名前も賢王と名高かったご先祖様から頂いたのだと、以前お勉強で学んだ記憶があります。

「別に、それは、いいんです。王族の風習や慣例なら、大事なことで、私の家だって、色々決まりはあります。でも……でもっ、王族という立場で、人より多くを背負って生きていくだろう大事な私たちの子どものことだから、一人で勝手に決めないでほしかったんですっ」

なるほど、と私たちは頷き合い、私とお義母様は頭を抱え、タラッタ様とフィロメナ様は苦笑を零しました。

「アルフォンス様、あれほど、話し合いは大事だと申し上げましたのに……」

私は両手で顔を覆ってうなだれます。お妃様選び以降、私はお二人の相談役としての立場をずっと保ち続けていて、グラシア様が家出をしてくる度にアルフォンス様にそう言い聞かせていたのです。

「私の力不足です」

「いいえ、リリアーナ。今回ばかりはアルフォンス殿下が全面的に悪いです」

お義母様がきっぱりと言いました。

「わ、私も別に、結婚式のあれこれを勝手に決められたって、公務を勝手に決められたって、怒るけど、許せました……っ、でも、子どものことだけは、どう許していいか分からないのです……っ」

わぁわぁと再び泣き出したグラシア様の背中を、私はそっとさすります。

とはいえ、私も影も形もありませんが、ウィリアム様がもしも子どものことを、なんの相談もなく勝手に決めてきたら、流石に怒ってしまうかもしれません。

「グラシア様、王妃様にはわたくしから言っておきますから、しばらく我が家にいなさいな。同じ女性として、母として、それが許せない気持ちはよく分かりますからね」

お義母様が優しくグラシア様に声を掛けると、グラシア様は幼い子どものように、はい、と涙に濡れた声で頷いたのでした。

「本決まりじゃないんだって……！　ただうちには、歴代の王族から名前を貰う慣例があって、だから、だからさぁ！」

書類の山の狭間でアルフォンスが突っ伏して、ぎゃあぎゃあとわめいている。

私――ウィリアムは、その蜂蜜色の頭を一瞥し、せっせと書類に目を通す。

どうやらまた何かをやらかして、グラシア妃が我が家に家出をしてきたようだ、と私はため息を零す。この親友夫妻は（主にアルフォンスが原因で）しょっちゅう喧嘩をしては、その妻が我が家に家出してくるのだ。

最初の二回くらいは肝を冷やしたが、最近ではもう日常の一部になっていて、心配性のリリアーナでさえ驚かなくなっている。

「ウィル、ついでにこれに先に目を通してもらっていいか？　急ぎなんだ」

「ああ、分かった」

たまたま諜報部隊の仕事の報告に来ていたマリオから報告書を受け取り、目を通す。

「ちゃんと僕の話を聞いてよ！」

アルフォンスが顔を上げる。

「だから、いっっっっつも言っているが、お前が悪いだろ」

「そうそう。まだこの世に存在さえしていない子どもの名前を勝手に決めてくるなんて、妃殿下が怒ったってしょうがねぇだろ」

マリオが面倒くさそうに言った。全くもってその通りだ。

「十月十日、胎の中で懸命に育てて、命がけで産むのは女性だからな。なーんにもしねぇ男が勝手に決めていいことなんて一つもねえよ」

「ぐうの音も出ない……！」

そう言ってまた突っ伏した。後ろでカドックは冷たい目をして主を見ていた。

　アルフォンスは、生まれ故に少々自己完結が過ぎるところがある。それを私の妻が相談役に抜擢されて以降、再三「話し合いが大事です」と言っているのだが、どうにもこうにも暴走して、こういうことになるのだ。

「例えば、王族の慣例で夫の一存で名前を決めるということでも、事前に説明しておけばグラシア妃殿下は納得してくれる。彼女自身も王族で、慣例やしきたりに対して一定の理解があるからな」

　私の言葉にマリオが「そうそう」と頷く。アルフォンスは「うー」と唸っているが、リリアーナの言う「話し合い」というのはそういうことだ。

「僕としては……あ、これはちゃんと話し合ったよ？」

　突っ伏していたアルフォンスが顔を上げる。

「グラシアの生活や立場が落ち着いてから子どものことは考えようって。グラシアは、もう二十三歳だし、あまり遅くなるのはよくないけど、やっぱり子どものために、王族としての立場をしっかりしたものにしてからっていうのは僕ら夫婦の共通認識。そんで、まあ、ウィルとリリィちゃんが子どもを作る頃、僕らも作ろっかなって。同性なら僕とウィルみたいな幼馴染、異性なら婚約させようと思って」

「急にとんでもないこと言うじゃんか。つーかよ、そういうことは勝手に決めるなって、リリアーナ様に口酸っぱく言われてんだろ」

マリオが頬を引きつらせながら言った。

「だ、だってさ！」

アルフォンスが慌てて口を開く。

「政治的に考えても英雄の子と王の子の仲がいいのは、僕とウィリアムが今現在、そしてこれから築いていく平穏がまだまだ続いていく証にもなるじゃん？」

「そりゃ、国民としてはそうだが、それ、ちゃんと妃殿下に相談してのことだろうな」

マリオの指摘に、へたくそな口笛を吹きながらアルフォンスが視線を逸らした。言っていないことが言葉よりも先に伝わってくる。

「はぁ……、お前、そういうとこだぞ」

マリオがため息を零しながら肩を落とす。

その時、机をトントトトンと指で叩く音がして顔を上げると、心配そうなカドックと目が合った。喋れない彼は、相手が彼を見ていない時、こうして音で知らせてくる。

『ウィリアム様、どうかしましたか？』

彼の唇がそう言葉を紡ぐ。

「そういや、だんまりじゃん。もしかして、未来の娘がこんな奴のところに嫁に行くのが嫌すぎて……？」

「大丈夫？　記憶喪失になってない？」

見当違い（けんとう）の心配をしてくるアルフォンスに顔をしかめながら、手に持っていた報告書を置き、一番下に確認（かくにん）したという意味のサインをする。

窺う（うかが）ような三人分の視線と壁際（かべぎわ）に控える（ひか）乳兄弟（ちきょうだい）の探る（さぐ）ような視線に、少し迷いながらも口を開く。

「…………正直なところ、私たちは子どもを作るかどうかは分からない」

三人が顔を見合わせ、フレデリックは無表情の中でほんの僅か（わず）かに眉（まゆ）を動かした。

戻ってきた三人分の視線に先を続ける。

「もちろん貴族としての義務は百も承知だ。だが、体の弱いリリアーナが無理をせずとも我が家にはヒューゴがいる」

出産は命がけだ。母子共に無事であるという保障など、きっと世界一と謳われる（うた）名医にだってできないことだ。

「……妃殿下は健康なお方だ。一臣下としてお世継ぎの誕生を願っている」

「ウィル」

「それと明日、私は休みだから頼む（たの）ぞ。リリアーナと出かけるんだ」

何かを言いかけたアルフォンスの言葉を遮り（さえぎ）、そう続けた。

これは嘘（うそ）ではない。明日は予定通りに事が進めば丸一日の非番なのだ。リリアーナの体調も大分良くなってきたので、町に買い物に出かける予定だ。

「それは、知ってるけど……」

「私の明日の休みを確実にするためにも、アルもこれに目を通してくれ」

私はサインをし終えたばかりの報告書をアルフォンスに渡す。無理やり切り上げられた話に訝しむ様子を見せながらも、アルフォンスはそれに視線を落とす。

「………厄介だね」

目を通しながらアルフォンスが呟く。

「命令通り、諜報部も最優先で情報収集に当たっているが……あまり芳しくはない。うちにとっても、よそにとっても」

マリオの表情も険しくなる。

「フォルティス皇国内で、黒い蠍の勢力が日増しに強くなっている。皇帝は黒い蠍の首領の言いなりだという噂もある。戦争反対派の皇太子一派はかなりの劣勢だ。フォルティス皇国の国力に黒い蠍の財源、人脈、武力が加われば、厄介という言葉では済まない」

私の言葉にアルフォンスが頷き、報告書から顔を上げる。

「犯罪組織にしてみれば、平和であるより戦争でもしていてくれたほうが儲かる。そのために戦争を起こそうとするのも考えられるよね」

アルフォンスが言った。

「現に我が家に滞在中のタラッタ姫は、御父上から我が国にとどまるように言われている。

あちらはいつ戦争の火蓋が切られてもおかしくないと臨戦態勢で、自分がいなくなっても、人望のあるタラッタ姫が無事であるように、そして、タラッタ姫が帰還に伴い我が国からの武力支援が受けられるように、とな」

「もう既に色々と思惑が動いているようだね。黒い蠍は、フォルティス皇国を乗っ取る気なのかな」

「それは分からない。以前は、皇国に潜んでいるのを隠しているようではあったが、最近では隠しもしなくなっている」

「黒い蠍自体が謎の多い組織だからなぁ。末端は強盗やら誘拐やらで分かりやすい悪行を働いているけど、正直、その最深部が何を考えているかはさっぱりだ。最近じゃ、一応、首領ってことになってるアクラブの情報も全くないしね」

　アルフォンスがぐしゃぐしゃと髪を掻く。

「とにかく徹底的に動向を監視して。必要であれば人員を増やす」

「了解」

　マリオが騎士の礼を返す。

「今日中にできれば一度、会議を開いて情報を共有したい。アルは出席できるか？」

「あー、うん。あの予定は断れるから……そうだな。十六時以降なら」

「分かった。ではそのように予定を。マリオは諜報部で情報をまとめておいてくれ。君たちは、隊長たちの予定確認と出欠の確認を頼む」

　私は事務官たちにも声を掛ける。事務官たちが動き出し、マリオと共に部屋を出て行く。執務室につかの間の静寂が訪れた。

「アル。耳に入れておいてほしいことがある」

「なんだい？」

「……………エイトン伯爵家の老執事が何者かに殺された」

　アルフォンスが息を呑み、カドックと顔を見合わせ、再び私に視線が戻って来る。

「いつ？」

「アルたちの結婚式の一週間前だ。エイトン伯爵家の裏庭で胸を刺されて、倒れていた。発見者は庭師で、納屋に道具を取りに行こうとして見つけた。生きている姿は前日の夜、屋敷の中で確認されていたから、それ以降、深夜から夜明けまでの間の犯行だと思われる」

「どうして黙って……いや、ごめん。僕の結婚式のためだね」

　私は頷いた。

　国を挙げて執り行われる王太子の結婚式に余計な水を差すわけにはいかない。エイトン伯爵家の使用人たちもそれを弁えていて、騎士団ではなく、私個人に連絡を入れてきた。

『……話しぶりからして、犯人はまだ捕まっていないのですね？』

カドックの言葉に頷く。

「現場には何も残っていなかったし、老執事の身の回りにも何も。彼自身、伯爵家のあれこれの騒動の後、セディが私の家に来てからは腑抜けたように大人しかったらしいんだ。それ以前は家の存続のため、少々危ないことにも手を出していた様子だから、どこかで恨みを買っていたのかもしれないと。使用人からも嫌われているようで、犯人の心当たりがあると言えばあるが、明確なものがない状態だ」

「マリオが探っていても出てこないってことだね？」

「ああ。あいつ個人で動いてもらっているが、何も」

「……変な話、他の家ならば怨恨とか痴情のもつれとかも考えるけど、エイトン伯爵家はリリィちゃんとセディの実家で、君の身内に分類されるから、楽観視はできないね」

「ずっと前にそれとなくリリアーナやセディにも老執事の印象を聞いたことがあるのだが、二人は彼を少し恐れているようだった。何を考えているのか分からない不気味な人という印象らしい」

「まあ、リリィちゃんが虐げられるのを、セディを守るためとはいえ黙認していた男だし、カトリーヌ様の実家であるエヴァレット子爵家との交流を断絶させたのも、彼だしね。確かに色々と恨みを買いそうな人柄だ」

アルフォンスがため息を零す。

「結婚式も終わったし、何かあれば僕も協力する。進展があれば教えてくれ」

「ありがとう。ではまた会議で」

話を切り上げ、私もできる限り情報を頭に入れておかねば、と書類に向き直ったところでアルフォンスが私の腕を摑んだ。

「……帰り、君ん家、行ってもいい？　ほら、仲直りは早いほうが良いって言うでしょ？」

「………………私は明日、非番だ」

「分かった。分かってるよ。絶対に明日には響かせない。ね、お願い！」

将来の王と王妃の仲裁は、家臣にとって重要任務だ、と自分に言い聞かせながら私はしぶしぶ頷いた。

「ありがとう！　仕事、片付けてくる！」

顔を輝かせたアルフォンスが呆れ顔のカドックと共に執務室を飛び出して行く。

「フレデリック、我が家に連絡をしておいてくれ」

「かしこまりました」

やはりこちらも呆れたような声音の返事がきたのだった。

私――ウィリアムの隣にアルフォンス、そして、テーブルを挟んだ向かいの席にリリアーナとグラシア妃殿下が並んで座っている。壁際にはエルサとフレデリックとカドックが並んで静かに控えていた。

夜、リリアーナたちが夕食を終えた頃、私はアルフォンスを伴い帰宅した。事前に連絡は入れていたのだが、たった半日では腹の虫は治まらなかったようで、グラシア妃殿下はすごく渋々、リリアーナに言われて仕方なくといった様子で部屋に入ってきた。

「本当にごめん。その、謝って済まされることじゃないのは分かってるんだけど、あの、王族の慣例があって、僕は子どもの頃から、その名前がいいなと……」

ぐだぐだと言い訳をするアルフォンスに、グラシア妃殿下はずっとそっぽを向いている。

いつもならグラシア妃殿下も負けじと言い返すのだが、今回は本当に腹に据えかねているのだと噛み締められた唇や握り締められた手から伝わってくる。

リリアーナは常ならぬグラシア妃殿下の様子にオロオロしているし、私はため息を零さないようにするので精一杯だ。

アルフォンスにしてみれば、王家の慣例だからこそ、あまり深く考えずに決めてしまったのだろう。もともと尊敬する王の名前で、これがいいとかねてより決めていたようだ。

だが、それをどうして一言、自分の妻に相談しなかったのか。

例えばの話ではあるが、グラシア妃殿下だって王家の慣例を説明した上で「僕は以前からこの名前がいいと思っているんだけれど」と相談があれば、その名前の元となる王の人柄や功績の話をしたり、名前自体の意味を聞いたりすることで、納得もできただろう。

それが「決めてきたから」の一言で済まされては、グラシア妃殿下のお怒りも当然だ。ましてや大事な子どものこととなれば尚更だ。

「グ、グラシア～……」

アルフォンスが弱り切った様子で妻を呼ぶが、グラシア妃殿下は夫を見もしない。

「アルフォンス様、お言葉ですが……」

リリアーナが思いきった様子で口を開いた。

眉がしょんとしたアルフォンスがリリアーナに顔を向ける。

「アルフォンス様……毎回、毎回、何度も申し上げておりますが、話し合いを省略してはいけません」

気のせいでなければ、リリアーナは怒っていた。

怒るのは体力のない私には向いてない、苦手ですと宣言している温厚の塊みたいなリリアーナが、だ。

「……は、はい」

アルフォンスの頬が引きつっている。

「私と夫は、お二人より夫婦としては先輩です。これまでも色々なことを共に話し合い、お互いの妥協点を見つけて、あるいは鼓舞し合って、乗り越えてきました」

私はうんうんと頷く。

「ですが、子どものことに関しては、私の体のこともあり、もうける時期についてもとても慎重に話し合いをしなければと思っています。子どもというのは、私たちとは全く別の存在で、私たち女性にとっては命もかかわってくることですから、それこそ腰を据えてお話をしなければいけません」

私はまたもうんうんと頷く。

「え？　でも、子どもは作らないって話をしてるんじゃなかったの？」

アルフォンスの一言に部屋の中が凍り付いた。

私は誰より穏やかな妻の「は？」という温度のない一言を結婚してから初めて聞いた。私より長い時間を彼女と共に過ごすエルサも、彼女の実の弟であるセドリックだって聞いたことはないだろう。

アルフォンスとグラシア妃殿下も驚きに目を丸くして固まっている。

「…………どういうことですか、ウィリアム様」

こんなに低い妻の声も初めて聞いた。

「いや、だからまだ分からないということで……君の体を心配して、そう思っただけで」

私は慌ててそう付け足す。

「どうしてそんな大事なことをアルフ様に話して私には……そういえば、先日ルネ様に会いに行った帰りも、子どもに関しては話を逸らしていましたね」

私の脳裏に先日会いに行ったセレソ伯爵家の夫人の姿が浮かぶ。リリアーナと友人関係になってからルネ夫人とは何度か顔を合わせたことがあった。とても健康的な女性だったと記憶していたが、あの時の彼女は見る影もなくやせ細り、風が吹けば飛んでいきそうなほど頼りない姿になっていた。

「その、本決まりというわけではなく……私はただ君の体を心配して」

「そんな大事なこと、アルフ様にお話しする前に私に話してほしかったです」

「すまなかった。だが、子どもを産むのは命がけだ。君だって分かっているだろう？　健康でなんの問題もなかったはずのルネ夫人にもああいったことが起こる。体の弱い君に何かあったらと……それに君のお母様だって君を産んで、その結果」

焦った私がうっかり漏らした最後の一言は、完全にリリアーナの逆鱗に触れてしまったようだった。彼女が肖像画と祖父母の思い出話の中でしか知らない実の母親のことを、今一つ呑み込みきれていないのをなんとなく分かっていたはずなのに。

「……母が死んだのは、私のせいですか？」

感情のない声が投げてきた問いかけに、私は「違う」と慌てて首を横に振った。

「そうじゃない、そんなことを言いたかったわけじゃなく、ただ、その、事実、として……いや、違う、これもあの、だから」

何を言ってもそれが墓穴に直通してしまう。

「勝手な想像と妄想で決め付けないで下さい……！」

「勝手な……？　つい先日、ひと月も寝込んでいただろう？　それで大丈夫だなんて言える君のほうが勝手だ！」

心配が元だったはずなのに、言葉が私の意思に反して尖ってしまう。

「ま、まあ、ウィルもリリィちゃんも、落ち着いて……」

「『アルフ様（アルフォンス）は黙っていて下さい（黙っていてくれ）！』」

「は、はい……！」

私たちの勢いに気おされてアルフォンスが口をつぐむ。

「一年分の疲れが出ただけだと、先生もおっしゃっていたではありませんか。以前に比べれば、寝込むことだって格段に減りました！」

「私は君を喪うのが何より怖いんだ。もし君が命を落としたらと考えるだけでも恐ろしい。それに……万が一、出産で君が亡くなってしまったら、私は愛さなければならないはずの私の子を憎んでしまうかもしれない……っ」

「……正直なところ、結果は女神様にしか分かりません。出産を経ても無事かもしれない、そうではないかもしれない。でも、私は何があろうと貴方との子どもが欲しい。侯爵夫人としての義務ではなく、愛する貴方との子どもだから欲しいのです」

リリアーナは、逃げることなく真っ直ぐに私を見つめて言った。そこに私より何倍も強い彼女のゆるぎない覚悟が見える。

「だが、何度も言うが無理をして子どもを作る必要はない。うちにはヒューゴもいる」

「ヒューゴ様にだってヒューゴ様の人生があります。それでなくとも私たちの結婚が不安定だったせいで、突然、跡継ぎにと言われた彼がどれだけ大変か」

だんだんとリリアーナの星色の瞳が潤み始めた。

「私は君を心配して……！」

「心配と不安を押し付けないで下さいませ！　自分が安心したいがために勝手に決めるなんてアルフ様と同じではないですか！」

星色の瞳からついに涙がぼろぼろと溢れ出し、リリアーナは、ぐっと唇を噛み締めると「もう知りません……！」と弱々しく告げて立ち上がり、両手で顔を覆いながら部屋を出て行ってしまった。

「リリアーナ様！」

「奥様！」

グラシア妃殿下とエルサが慌てて追いかける。エルサは私を睨んで行くのを忘れなかった。

部屋の中を気まずいどころではない沈黙が覆う。世に聞く地獄というのは、こういう空間なのかもしれない。

フレデリックは呆れ果てていて、カドックはおろおろしていた。私は頭を抱えて、深々とため息を零す。

泣かせてしまった罪悪感に自分で自分を殴りたい。

子どもは、何も欲しがらない彼女が初めて自分から「欲しい」と望んでくれたものだったのに。

彼女はきっと覚悟ができている。子どもを望むことに対する覚悟が、命に対する覚悟が。

それができていないのは、弱い私のほうなのだ。

「あ、あの……なんか、ごめん」

申し訳なさそうに謝るアルフォンスの声がむなしく部屋に響いたのだった。

「ふっ、うう……っ」

嗚咽を止めようとしても、止まりません。

私――リリアーナは、自室のベッドに突っ伏して、なんとか涙を止めようとしましたが、どうにもこうにも止まりません。まるで涙腺が壊れてしまったかのようです。

ガチャリ、とドアの開閉する音が聞こえて、足音が近づいてきました。

ふわりと香ったのは異国のお香でした。

「リリアーナ」

タラッタ様の優しい声が聞こえましたが、顔を上げられません。

「……シャーロット様が不在だから、グラシアが大慌てでワタシのところに来たんだよ。彼女は動揺していて、エルサから大体のことは聞いた。……胎の中で育てるのも、命がけで産むのもワタシたち女だ。だから、女のほうが先に覚悟を決めているのかもしれないな」

タラッタ様がベッドに腰かけたのがなんとなく分かりました。

「だがな、リリアーナ。……置いて行かれる恐怖や悲しみは、耐え難いものだよ。ワタシも戦士の端くれとして、何度も仲間を見送った。英雄と呼ばれる侯爵様は、ワタシの何倍も何十倍も、辛い別れを経験してきただろう」

私はそこでようやく顔を上げました。苦笑を零したタラッタ様の手が伸びてきて、私の頬の涙を拭ってくれます。

「侯爵様は、立派な騎士だ。だが……大切な人を喪う悲しみに慣れてしまうことなど、ないんだよ。それはどれほど鍛錬しても、恐ろしいものだ。どんなに強い人だって、大切なものを喪ってしまったら、立っていられなくなることだってある」

その言葉に私の脳裏に浮かんだものがありました。

窓の向こうの真っ白な雪。セドリックの小さな背に縋って泣いた、長年探し続けていた弟を喪ってしまった、ウィリアム様の友人のアルマス様の姿でした。

立場も相手も理由も何もかも違うけれど、きっと、そこにある悲しみは、あの雪のように冷たく、真っ白で、夜のように暗いのです。

「……確かに私の体はポンコツですぐに熱を出しますし、疲れやすくて、困りものです。生まれた時からの付き合いで、呑み込んで納得したつもりでも……私だって、嫌になる時がありますす……っ」

「うん」

納得しているつもりでも、寝込む度に心配をかける体が嫌になってしまうのは、私が弱いからでしょうか。

泣きそうな顔で私を見つめるセドリック、心配そうなエルサやアリアナ、不安そうなウィリアム様。

私がもっと丈夫であれば、そんな顔をさせずに済むのにと願ったことは数知れません。

「……私のお母様は、私と同じで、いえ、私以上に体が弱かったんだそうです。……ですが、私を産んで、そこから体調を崩し、半年後に、亡くなって……っ。私の、せいで」

誰にも言ったことはなかったけれど、心の隅でずっと感じていたことでした。

私が子どもを産むことをお医者様が悩むように、私以上に体の弱かった母は子どもを産むことを、悩んだのではないでしょうか。

ましてや夫は、他に愛する人がいたのに。愛されてもいない相手の子を産んで、亡くなってしまった母は、どんな想いだったのでしょう。

「まあ、それは侯爵様の失言だな。リリアーナのお母上のことは、君と一緒に遊びに行った際に子爵家で見せてもらった絵でしか知らないが、触れていいことと触れてはいけないことがある。だが、侯爵様は、君のせいで母が亡くなったと言いたかったわけではないだろう。そんなことを言う人じゃないのは、君が一番、分かっているだろう？」

諭すような優しい口調に私は頷きました。

「ウィリアム様は、優しい人です。優しくて、騎士様として強くて立派な方……でも本当は臆病な人なのを、妻として知っています」

ぽろぽろ零れる涙を止めるすべも分からないまま、私は先を続けます。

「……その優しくて、臆病な人を、もしかしたら置いて行くことになるかもしれない。それでも……それでも私は、ウィリアム様との子が欲しい。母のことは関係ない、何もかも私の勝手で、そう願ってしまう私は、とても自分勝手です……っ」

ううっとまた溢れる涙に唇を噛むと、タラッタ様がぽんぽんとご自分の膝を叩きました。

「タラッタ様……っ」

私はその膝に幼子のように突っ伏します。優しい手があやすように頭を撫でてくれました。

「そこはちゃんと話し合えばいい。そういう自分勝手を埋め合うのが、夫婦だとワタシはここにいて、特に王太子夫妻から学んだよ」

そう言って小さく笑ったタラッタ様は、私が泣きやむまでずっと膝と優しさを貸して下さったのでした。

第三章 侯爵夫人の正しい決断

「昨夜はすまなかった！」

泣きすぎて重い目元を押さえながら私が廊下へ出ると、そんな声が響き渡りました。

あまりに突然だったので、一瞬、何が起きたのか分からなかったのですが、少し遅れてそれが直角に頭を下げたウィリアム様から発せられたものだと気が付きました。

「君の言う通り、私は自分のことしか考えていなかった。君や、君の母上を否定するようなことまで言ってしまって……」

「か、顔を上げて下さいませ」

私はようやく事態を把握して、ウィリアム様の肩に触れました。

「私も言いすぎてしまいました。ウィリアム様のお気持ちを少しも理解しようとせず……」

「いや、私も……君に言う前にアルフォンスに言ってしまったのは早計だった。まずは君に私自身の気持ちをしっかり伝えるべきだったんだ」

「それは、その……本当に悲しかったのですが、でも、私も言いすぎてしまって、本当に」

　私はしどろもどろになってしまいます。

　なんとも気まずい沈黙が私たちの間に居座ります。

「あ、あの、アルフォンス様は……」

「昨夜、日付をまたいですぐに帰ったよ。グラシア妃殿下は、まだ我が家にいる」

「そう、ですか」

　折角なんとか会話の切り口を見つけたと思ったのですが、また沈黙が訪れます。

「姉様、義兄様、おはようございます」

「おはよう、何してるんだ？」

　救世主は思わぬところから現れました。

　セドリックとタラッタ様が連れ立ってこちらにやって来ます。

「おはようございます」

「おはよう」

　私たちは慌てて挨拶を返しますが、お互いの声には安堵が滲んでいました。

「義兄様、早く朝ご飯を食べに行きましょう。僕、お腹がぺこぺこです」

「ああ。そうだな。行こう、リリアーナ」

　少し気まずそうに、それでも差し出された腕に私は、ほっと胸を撫で下ろしながら手を添えました。

　ダイニングに降りると、フィロメナ様とグラシア様が席についていて、私たちの準備が整うと朝食が始まりました。

「義兄様、今日は姉様とお出かけするんでしょう？」

「ああ。セディたちはどうする？　と言っても私の弟はまだ夢の中のようだが」

　相変わらず朝に弱いヒューゴ様の席は空っぽで、ウィリアム様が呆れたように肩を落としました。セドリックが「やっぱり起きなくて」と苦笑いを零しました。どうやら既に一度、起こしに行ったようです。

「僕とヒューゴは、今日はお勉強の日なので……義兄様、お土産を買ってきてほしいです」

「ははっ、いいぞ。何がいい？」

　ウィリアム様に上手に甘えるセドリックに、ついつい微笑んでしまいます。ウィリアム様も甘えられるのが嬉しいのか、柔らかく目じりを緩めています。

「なあ、リリアーナ。ワタシとレベッカもついていってもいいかい？　いつもの手芸屋に行くのだろう？」

　タラッタ様が牛乳を飲みながら首を傾げます。

「はい。ウィリアム様とセディ、ヒューゴ様にマフラーを編もうと思っているので、その毛糸を買いに……もしやタラッタ様とレベッカさんもついに手芸に興味が？」

レベッカさんは、侯爵家お抱えの画家です。彼女もまた朝に弱いのですが、食べるのが大好きなので朝食を持って行くと、半分寝ながらも食べているそうです。

「違う違う。ワタシがレベッカに絵を教わっているのは知っているだろう？　だから画材が欲しくて。レベッカが言うには、手芸屋の隣にとても品揃えのいい画材屋があると」

「はい。レベッカさんの行きつけなのですよ」

「では、一緒に行くかい？」

お土産についての話がまとまったらしいウィリアム様の言葉に、タラッタ様は「ありがとう」と嬉しそうに頷きました。

「フィロメナ様とグラシア様はどうなさいますか？」

「私は今日はとある子爵家で商談がありますので、じゃんじゃん稼いで参ります！」

フィロメナ様は楽しそうに拳を握り締めました。

「私が移動となると護衛が大変だから、今日は家にいるよ。それにシャーロット様に教わりたいことがあるの」

グラシア様はそう言って「約束もしているの」と続けました。

「では、グラシア様の好きなお茶菓子を買ってきますね」

「やった、楽しみにしているね」

グラシア様が子どものように喜んでくれました。

私は、後でグラシア様にも昨夜のことを謝らなければ、と心に書き留めます。夫婦間の仲裁をするつもりが、私たち夫婦が喧嘩をしてしまうなんて予想外のことだったでしょうし、失礼極まりなかったです。

「セディ、マフラーは何色がいいですか？」

「うーん、義兄様は？　僕、義兄様とお揃いがいい！」

「じゃあ、私とお揃いにしよう」

でれっと笑うウィリアム様に、私もくすくすと笑ってしまいました。仲間外れはいけませんので、ヒューゴ様もお揃いで仕立てましょうか。そう提案すると嬉しそうに頷いた二人に、私はますます笑みを零すのでした。

そうして穏やかな朝食を終えて、私たちは町へと出かけたのでした。


「エルサ、どっちがいいと思いますか？」

「うーん、これは悩ましいですね」

私はエルサと共に毛糸の棚の前で頭を悩ませます。

「エルサ、僕にも編んで」

フレデリックさんが、こそこそとエルサにお願いします。エルサは面倒くさそうな顔をしましたが、耳が赤くなっているので照れ隠しなのが丸分かりです。

私とウィリアム様が久々に一緒に出かけるように、エルサとフレデリックさんも久々のお出かけのはずです。

「ウィリアム様、こちらに」

私は、小物の棚の前で首をひねっていたウィリアム様を呼びます。

「エルサはフレデリックさんのを選んで下さいね、私はウィリアム様のを選びますから。やっぱり本人に色を当てるのが一番です」

「奥様、別、むがっ」

「ありがとうございます、奥様」

常の無表情が嘘のように良い笑顔で微笑んだフレデリックさんがエルサの口を塞いで、少し離れた別の毛糸のコーナーへ連れて行きました。あちらの毛糸は、太さが異なっていて、同じように編んでも違う仕上がりになるのです。

「エルサも素直じゃないな。君には世界一素直なのに」

「そこがエルサの可愛いところですから」

私たちはくすくすと笑い合います。

「さて、私も選ばないと……どうしましょう」

「お揃いはいいが、全部同じだとどれが誰のか分からなくなりそうだから……基本の色は同じで、差し色を変えたらどうだろう？」

「まあ、それは良い案ですね。では基本の色は……紺か黒か」

「騎士服の時も身に着けられるように黒がいいな」

「でしたら、これと……そうだ。差し色は、皆の目の色にしましょうか。ああ、でも、それだとウィリアム様とヒューゴ様の色が被ってしまいますね」

ウィリアム様とヒューゴ様は、お義父様譲りの同じ青色の瞳をしているのです。

「なら青はヒューゴに譲るとして私は、そうだな………これがいいな」

ウィリアム様が選んだのは、白に近い明るい灰色でした。

「本当は銀色がいいんだが、ないみたいだから」

「そうですねぇ、銀色はないみたいですね」

私も棚を見ますが、キラキラ輝くような銀色はありません。ウィリアム様が選んだ毛糸が一番、銀色に近いものでした。

そんな私の横でウィリアム様がもぞもぞしているのに気付いて、首を傾げます。

「……これは、その……君の、瞳の色だ」

その言葉の意味を数瞬遅れて理解した私は、熱くなった頬を隠すように俯きました。

「あ、ありがとうございます」

混乱の中、絞り出されたのはお礼の言葉で、自分でも意味が分からなかったのですがウイリアム様も「ど、どういたしまして」と言っていたので、大丈夫だと思います。

熱を持った頬を冷まそうと左手で顔を扇ぎ、右手は弟の瞳と同じ紫色を探して毛糸の上をさまよいます。

「リ、リリアーナ」

上ずった声に名前を呼ばれて目だけを向けます。

ウィリアム様は、手に持った灰色の毛糸をじっと見つめていました。

「昨夜は、本当にすまなかった。……怖いんだ。君を、喪うことが」

手芸屋さんは、生地がたくさん並んでいます。生地は音を吸うので、他のお店に比べるととても静かでウィリアム様の小さな囁きも私に届きました。

私は毛糸を探していた手を、そっとウィリアム様の毛糸を持ったままの手に重ねました。

「……今すぐに子どもを、という話ではなかったのに、私も焦ってしまいました」

「すまない」

「私のほうこそ、ごめんなさい」

重ねた私の手に大きな手が重ねられました。

「また、そうだな、休暇の時にでも、ちゃんと話し合おう」

「はい」

その時は、もっときちんとウィリアム様の話を聞いて、私の話も聞いてもらい、お互いに納得できる着地点を見つけられるといいな、と私は思いました。

「で、では次は弟たちの瞳の色を探そうか……同じ色でも少しずつ違うな」

ウィリアム様がどこかほっとした様子で毛糸に視線を落とします。私もそれを追いかけるように棚に顔を向けました。

「……ウィリアム様」

「ん？」

「………私のお母様は、私を産んだこと、後悔したでしょうか」

視界の端で毛糸の上をさまよっていたウィリアム様の手が止まりました。私は、微妙に色の違う紫の毛糸を見つめながら先を続けます。

「政略結婚は、貴族であれば致し方ないことです。……でも、他に愛する人がいる夫のもとに嫁いで、それで……その夫の子どもを産んで、亡くなってしまいました」

肖像画と祖父母の思い出の中の母しか、私は知りません。

エイトン伯爵家での母の暮らしは、どのようなものだったのでしょうか。

母はどんな思いで私を産んだのでしょうか。

「リリアーナ……昨日のあれは本当に失言だった。君にもカトリーヌ様にも失礼なことを……」

しゅんとしてしまったウィリアム様に、私は慌てて首を横に振りました。

「いえ、大丈夫です。ウィリアム様のせいではなくて……おじい様とおばあ様と再会してから、ずっと、思っていたことなのです」

私は苦笑いを零して目を伏せました。

「私はとても薄情な娘なので……母を恋しく思ったことがないんです。伯爵家にいた時は、母について考えることもありませんでした」

「……君は母親が亡くなった時、まだ赤ん坊で……母親そのものを知らないから、仕方がないことだよ。人は知らないものを恋しがることはできない」

ウィリアム様の声はどこまでも穏やかでした。

その言葉の優しさが私にはどこまでも不釣り合いに思えました。

「お義母様にお会いして、共に過ごす内、母親とはこういうものかと知りました。だから、今になって母のことを考えるようになったのです。でも……おじい様とおばあ様は、伯爵家に母を嫁がせたことを、今も、後悔していて……。嫁いだ後のことは訊けないんです」

「私も気になって調べたことがあるんだが」

どこか気まずそうにウィリアム様が口を開きました。

「病弱な方だったから、交友関係があまりなくて……特に嫁いでからのことは、よく分からないんだ。エイトン伯爵家は人の入れ替わりが激しくて、使用人も当時のことを知る人はあまりいないし……すまない、勝手に」

「いえ」

　私は静かに首を横に振りました。

　騎士であるウィリアム様にとっては、調べる必要があったということなのでしょう。どういう理由かは話して下さらないでしょうし、私が知ることもないでしょう。

「例えば将来、子どもを産むと考えた時、母のことは切り離すことができないと気付いたのです。母が私を産んでくれたからこそ今があるのですから。……あの家の中で、僅かでも母が幸せだったことがあればいいと願ってしまうのは、きっと、罪滅ぼしをしたいからかもしれません。……母は私を産んで亡くなったのに、母を想うこともない娘として」

「リリアーナ……それは」

　ウィリアム様は、その先の言葉に悩んでいるようでした。

「すみません、こんなお話。……ウィリアム様、これとかどうでしょうか？　セディの瞳の色に近いと思いませんか？」

　私はわざと明るい声を出して、紫色の毛糸を手に取りました。ウィリアム様は、一瞬、迷いの表情を浮かべましたが、私に乗って下さり「こちらもいいと思う」と別の毛糸を手に取りました。

　それから弟たちの瞳の色の毛糸を選び、エルサたちも毛糸を選び終えたようで、お会計を済ませてお店の外へ出ます。

すると丁度、隣の画材屋からタラッタ様とレベッカさんが出てきました。

「リリアーナ様ぁ、良いものは買えましたかぁ？　私は買えましたぁ～」

今日ものんびりとした笑顔と共にレベッカさんが抱えた紙袋を見せてくれました。中には絵具や筆がたくさん入っています。

「良かったですね。私も毛糸を買えましたよ」

「ふふふっ、お互い、宝物を見つけられましたねぇ」

ふわふわ笑うレベッカさんに、私も「そうですねぇ」とふわふわした返事をします。

「レベッカのおかげで良いものを選べたよ。そうだ、侯爵様はまだまだデートをするんだろう？　ワタシたちはここで帰るよ。絵の続きをやりたいし」

「そういうことならお言葉に甘えようか、リリアーナ」

「ふふっ、そうですね」

分かりやすく嬉しそうなウィリアム様が、とても可愛らしいです。タラッタ様とレベッカさんもほのぼのしています。

「フレデリックとエルサはどうする？　君たちもたまには二人で……」

ウィリアム様が後ろを振り返った時でした。

女の人の悲鳴が聞こえました。

あっという間に私はウィリアム様の腕の中にいて、私とレベッカさんを庇うようにウィリアム様、フレデリックさん、エルサ、タラッタ様が臨戦態勢に入っていました。

「よぉ、英雄殿」

聞き覚えのある声に顔を上げると、一頭の馬がいて、その上に黒髪の男性――アクラブがいました。

ただ、彼は一人ではありませんでした。アクラブの腕の中には、五歳くらいの小さな女の子がいて、その細い首に鋭いナイフが突き付けられています。

「返して！　誰か！　私の娘なの、助けて！　お願い、誰か！」

通りのどこかから、この子の母親と思われる女性の悲鳴交じりの叫び声が聞こえます。

「アクラブ、一体、なんの真似だ……！」

ウィリアム様が唸るように問いかけます。

「英雄殿、時間は限られている。早速交渉に入ろうじゃないか」

アクラブは飄々と告げます。女の子は恐怖で声も出ないのでしょう、ぶるぶると震えながら、ぼろぼろと大粒の涙を零しています。

「女神様とこのガキ、交換しようぜ」

「は？　何を……！」

ウィリアム様の私を抱き締める腕に力が込められました。

「だから、交換条件。女神様――リリアーナとこの娘を交換しよう。快く交換してくれる

「……拒否するなら……」

なら、この娘は無事に返してやる。その代わり、拒否するなら……」

ナイフの切っ先が幼い彼女の首に微かに沈み、赤い血がじわりと滲みました。女の子がか細い声で「ママ……っ」と零しました。

「貴様……っ！」

ウィリアム様が歯を食いしばります。

するとどこからともなく大勢の男性が現れて、静かに私たちを取り囲みました。

野次馬かと思いましたが、彼らは皆、手にナイフや短剣などの武器を構えています。

彼らはそこら辺にいそうな庶民らしい服装で、私たちは知らず知らずの内に囲まれていたのだと気付きました。

ここは王都の真ん中で、この悪者たちの向こうにはここで暮らす町の人々がいます。

酷く冷酷で合理的に考えれば、侯爵夫人である私と名もなき小さな女の子の命は、国家において重要性が異なります。

ですが、ここでウィリアム様が――この国の英雄である彼が、私を選び、女の子を犠牲にすれば、国民のウィリアム様への尊敬と敬愛は怒りと憎悪に取って代わるでしょう。そして、それらは暴動という形になって、国を内側から攻撃しかねません。

「色々と考えたんだけどよ、やっぱり英雄殿には、この手が一番だろう？」

女の子の頬をナイフでぺちぺち叩きながら嫌味たらしくアクラブが言いました。

ウィリアム様の腕が苦しいほどに私を抱き締めています。

私は、スプリングフィールド侯爵夫人。この国の平和を命がけで守るウィリアム・ルーサーフォードの妻です。

「ウィリアム様」

私が名前を呼んだだけで、ウィリアム様は私の考えを察したようでした。私を抱き締める腕の力がますます強くなります。

私は穏やかに微笑んで首を横に振りました。

「ウィリアム様、貴方（あなた）はこの国の英雄です。貴方はこの国の平和を、民（たみ）を、第一に守らなければならない騎士様です。殿下の言う『百を守るために切り捨てるべき一』が何か、分かりますね？」

まるでセドリックに言い聞かせるように私は、告げました。

エルサが首を横に振っているのが視界の端に映りました。それでも、エルサでさえ「それはいけません」と言ってはならないことを、重々承知しているのです。

「リリアーナ……っ」

振り絞るようにウィリアム様が私の名を呼びました。

「お約束、したでしょう？　アルマス様に、もう二度と子どもを犠牲にしないと」

「だが……っ！」

私が彼の胸を押すと、ウィリアム様の腕の力が嘘のように呆気なく緩みました。私は背伸びをして、夫にキスをします。

「大丈夫、必ず助けに来て下さいませ。いつものように、お待ちしております」

私はお仕事に出かけるウィリアム様を見送る時と同じように笑って、彼から離れました。恐怖に震える手を胸の前で握り締めて、なんとか誤魔化します。

ウィリアム様が伸びそうになる右手を左手で抑え込み、私の目を見つめたまま頷きます。

「物分かりの良い、女神様だ。……おい、そこの御者、馬車をここへ持ってこい！」

アクラブが馬上で叫ぶと、偶然通りにいたのでしょう馬車が一台、こちらへ急いでやって来ました。アクラブは青い顔の御者に降りるように告げ、中にいた老夫婦にも降りるように命令しました。彼らは馬車から降りて一目散に逃げて行きます。御者席にアクラブの仲間と思われる男性が座りました。

「乗れ」

「はい」

私は後ろ髪を引かれる思いで、ウィリアム様に背を向け馬車へと歩き出します。

アクラブの腕の中で震える女の子に、「もう大丈夫よ」という意味を込めて微笑みました。

「潔いね。流石、女神様。でも、一人だと寂しいかもしれないな。その画家も一緒に馬車に乗れ」

「そ、そんな、私は一人でも……っ」

「じゃあ、私も一緒に行きましょ～」

慌ててアクラブを振り返りましたが、レベッカさんが私の言葉を遮って隣に並びました。いつもの緩い笑みを浮かべていましたが、私の手を握った彼女の手は、私と同じように微かに震えていました。

「奥様……！」

エルサがこちらに駆け出そうとしているのをフレデリックさんが羽交い絞めにしています。

「早く乗れ、ガキを殺すぞ」

「ひぅっ」

女の子の悲鳴に、私はレベッカさんと共に急いで馬車に乗り込みました。

すぐにバタン、と勢いよくドアが閉められました。

「行け！」

アクラブのその声に馬車が勢いよく走り出します。

私とレベッカさんは、窓から身を乗り出すようにして外へ顔を出しました。

小さな女の子がタラッタ様の腕の中に投げ付けられ、タラッタ様が女の子を受け止めるのと同時に、アクラブがこちらに向かって馬を走らせます。

その瞬間、周りを取り囲んでいた男たちが、アクラブを追いかけようとしていたウィリアム様たちに襲い掛かりました。

剣と剣のぶつかり合う甲高い音と怒号が辺り一帯に響き渡ります。

「ウィリアム様……！」

私は思わず夫の名前を叫んでいました。ウィリアム様はタラッタ様と女の子を庇いながら剣を振るっています。

「その馬車、止まれぇぇぇ!!」

おそらく町を巡回していた騎士様が数名、馬に騎乗し追いかけてきます。

「やーなこった」

そう言ってアクラブが何かを投げると、ボンッという破裂音がして視界を覆い尽くすように真っ白な煙が広がりました。

「奥様、毒だったら大変ですぅ、中に入りましょぉ！」

レベッカさんに袖を引かれ、私は唇を噛み締めながら中へと体を戻しました。レベッカさんがぎゅうと私を抱き締めます。

「大丈夫、絶対に侯爵様が助けに来てくれますからぁ」

一生懸命、いつもと同じように笑ってくれるレベッカさんを抱き締め返して、私は

「ごめんなさい」ではなく、「ありがとうございます」とお礼を口にしました。

それから私たちは、どこへ向かっているのかも分からない馬車の中で、その揺れに耐えるように身を寄せ合いながら、ウィリアム様たちの無事を祈り続けたのでした。

僕――アルフォンスは王城での会議を抜け出して、騎士服に着替えるのも忘れて騎士団へ来ていた。

「どういうことだ？　何があった⁉」

焦りに鋭くなってしまう声に苛立ちを覚えながらも、エントランスで僕を出迎えた隊長たちに問いかける。

「わ、分かりません。私たちもまだ、師団長ご夫妻に関する緊急事態だとしか……！」

「諜報部を動かせ！　他の案件は後回しで……」

僕がそう命令を下した時、勢いよく、エントランスのドアが開いた。

振り返るとそこにボロボロのウィリアムがいた。

「全隊に告ぐ！」

額からだらだらと血を流しながらウィリアムが叫ぶ。いつも穏やかな青い瞳が、ギラギラと獰猛な獣のように光っている。

「緊急配備命令を出した！　直ちに王都を封鎖し、ネズミ一匹たりとも外へ出すな！　既に町にいる部隊が動いている、今すぐ援護に迎え！」

「ま、待って、ウィリアム、何があったの⁉」

僕の問いかけに、ウィリアムの青い目がようやく僕を捉えた。

「いいから早く、動け！」

よほど焦っているのか、僕の声が聞こえていないのか、目が合ったはずなのに問いの返事がない。僕はその肩を摑んで、目を覗き込む。

「ウィリアム！」

「殿下！」

その声に顔を向けると、小さな女の子を抱き抱えたタラッタ姫がこちら来た。彼女もウィリアムほどではないが怪我をしている。そして、その女の子によく似た女性が後からやって来る。女性も頰に擦り傷があり、なんだか服装もぼろぼろだ。まるで人ごみの中で揉まれたかのような有様だった。

「リリアーナが誘拐された。この子が人質にとられて、それと引き換えに。こちらの女性はこの子の母親だ。……相手は、アクラブ、と名乗っていた」

タラッタ姫の言葉に僕は息を吞む。

「なっ、すぐに……っ」

僕が改めて隊長たちに命令を下そうとしたところで、ウィリアムが僕の服を掴んだ。

「頼む、助けてくれ……っ、リリアーナを見つけ出してくれ……っ。長らく寝込んでいた分、まだ体力も回復していないんだ、だから、どうか……っ」

聞いたこともないほど弱々しい声で懇願するウィリアムの背を僕はばしんと叩いて、顔を上げる。

「全隊に告ぐ！　緊急時の規則通りに持ち場へ向かえ！　我が騎士団の名に懸けて、何が何でもスプリングフィールド侯爵夫人を見つけ出し、犯人を拘束しろ！」

僕の一声に我を取り戻した騎士たちが一斉に動き出し、騎士団は喧騒に包まれる。

「ウィル、まずは怪我の手当てを」

「いい、私も捜索に……」

「これは王太子命令だ。まずは怪我の手当てを受けろ」

どこかへ行こうとするウィリアムの腕を掴んで引き留める。

「そんな暇は！」

「お前のそんな姿を見たら、リリィちゃんが泣いちゃうぞ」

僕の一言にウィリアムがぐっと押し黙った後、小さく頷いた。

「タラッタ姫とそのお嬢さんもすぐに救護室に。エルサたちは？」

「エルサは屋敷に、フレデリックは詰め所に緊急配備命令を伝えに行っている」

「そうか。僕もすぐに捜索に加わる。ウィリアムを頼む。行くぞ！」

タラッタ姫が力強く頷いてくれたのに笑みを返し、僕は騎士を連れ、騎士団を後にした。

だが、どれだけ捜索の手を尽くそうとも、リリアーナも、彼女と共に行ったレベッカも見つからなかった。

更に二日後、彼女たちが乗っていたと思われる馬車が王都の外の森の中で見つかったのを最後に、彼女たちはなんの痕跡も残さず行方知れずとなってしまったのだった。

第四章　母の最期を知る場所

私とレベッカさんが連れてこられたのは、見知らぬ土地の見知らぬ屋敷でした。

一度、おそらく王都の外の森の中で馬車を乗り換えたのですが、それは窓のない馬車でした。時折休息のために止まった時も外へは出ましたが、馬車の周囲が布で覆われて外の景色は分かりませんでした。

休息以外の時間、馬車は走り続け、四日か五日は移動していたと思います。

そして、アクラブに案内されたのは、二間続きの部屋でした。

貴族か裕福な商家の屋敷だと思われるそこは、上品な家具が置かれていました。

「長旅で疲れたろ」

部屋の入り口でアクラブが言いました。

私たちはお互いの手を握り締め、身を寄せ合ったまま黙ってアクラブを見つめます。

「だんまりたぁ、酷いねぇ。まあいいや、よく休めよ」

へらへらと笑ってそう告げると、彼は部屋を出て行きました。ドアが閉まってすぐ、ガチャリと鍵のかかる音がしました。外から鍵をかけたのでしょう。

私とレベッカさんは、安全確保のため身を寄せ合ったまま、部屋の中を見て回りました。

寝室とリビングの二部屋。それ以外に寝室に隣接するようにお風呂とトイレがありました。この部屋の外に出なくても最低限の生活ができるようになっています。

ドアはやはり外から鍵がかけられていて、寝室とリビングの窓も鉄格子がはめられていました。

私たちは交代で見張り役をしながらお風呂に入り身を清め、用意してあった寝間着に着替えて、ベッドに並んで腰かけました。

「ごめんなさい、レベッカさん。巻き込んでしまって」

するとレベッカさんは私の手を取りました。

「奥様はぁ、私の女神様だから、あいつにはあげませんよぉ。私はエルサやアリアナみたいに強くないですけど、一人より二人のほうが心強いです」

ね、と笑うレベッカさんに、私は涙が出そうになるのをこらえて頷きました。

「また明日から何かあるかもしれませんし、今日はもう寝ましょう。奥様の玉のお肌がガサガサになったら、私がエルサに怒られます～」

「ふふっ、その時は私も一緒に怒られますね」

「約束ですよぉ。さ、寝ましょ」

そう言ってレベッカさんが先にベッドに寝ころび、私もその隣に寝ころびました。

この日は久しぶりのベッドということもあり、数日間の移動に疲れた体はあっという間に眠りの世界へと飛び立ってしまったのでした。

翌朝目覚めると、レベッカさんはすやすやと隣で気持ちよさそうに眠っていました。

これが侯爵家だったら、このまま寝かせておいてあげるのですが、ここは敵地。私は声を掛け、肩をとんとんと叩いて彼女を起こしました。

「ふわぁ、おはよーございますぅ」

「おはようございます、レベッカさん」

挨拶を交わして、私たちは顔を洗い、クローゼットに用意されていた服に着替えて身支度を整えました。

不意に「入るぜ」と声がしてアクラブが入ってきました。彼の手にはトレーがあり、その上にはスープとパンが二人分、載っています。

「毒は入ってないぜ、食えよ」

アクラブはトレーを置いて、部屋を出て行きました。もちろん鍵をかける音がしっかりと聞こえました。

道中も食事は出されましたが、保存のきく類いの硬いパンばかりでした。久しぶりの温かいスープでしたが、不安が募ります。

するとレベッカさんがスープの入ったカップを手に取り、匂いをかいで、何を思ったのか止める間もなく口にしました。

「レ、レベッカさん⁉」

「うん、美味しいですよぉ。うちの料理長さんには劣りますけどねぇ。パンも久しぶりのやわらかいパンですよぉ」

そう言ってパンもちぎってもぐもぐ食べ始めました。

きっと彼女なりに毒見役を買って出てくれたのだと気付いて、私も彼女の隣に座ってパンとスープに口を付けました。

スープは、とても素朴で穏やかな味がしました。彼が作ったのかどうかは分かりませんが、もしそうだとすれば驚きです。

朝食を終えると手持無沙汰になってしまいました。私たちは鉄格子のはめられたリビングの窓から外を見ましたが、この部屋からは森しか見えませんでした。

「うーん、木しかないですねぇ」

窓の外を見ながらレベッカさんが眉を下げます。

「助けを求めようにも、場所が分からないとだめですよね」

「そうですねぇ」

私たちはため息を零します。

再び鍵の開く音がして、アクラブが顔を出しました。

「やあ、気分はどうだい」

私たちは手を取り合い、できるだけアクラブから距離を取ります。

「そこまで警戒しなくたって、俺、女神様には手荒な真似はしたことないだろ？　画家の嬢ちゃんは前に気絶させちまったけどさ」

へらへらと笑いながら部屋の中に入ってきて、ソファに腰かけました。

「ここ、どこか分かったか？」

「…………」

「まーただんまり。まあ、いいや。ここはさ、お前の母親が死んだ場所。エイトン伯爵領にある伯爵家所有の家の一つさ」

予想だにしなかった場所と答えに私は息を呑みました。レベッカさんも目を白黒させています。

「ライモスは、ここは空気がいいとかなんとか理由をつけて、妻をここに連れてきて、それっきりさ。死んだという報せを受けて、来ただけだ。ああ、言っておくが鉄格子をつけたのは俺だよ。あんたらに逃げられたら面倒だからな」

「どうして、そんなに詳しいのですか？」

思わず問いかけていました。アクラブは目だけをこちらに向けます。

「サンドラに聞いたんだ。彼女は使用人とかに聞かされたらしいぜ。ライモスは、前妻のことになるとだんまりだってよく癇癪を起こしていたよ」

アクラブはカラカラと笑いました。

正直なところ、アクラブが本当のことを言っているかどうかは分かりません。

ここが本当に伯爵領なのか、サンドラ様からその話を聞いたのかどうかも分かりません。

以前、セドリックがエイトン伯爵領はどこにあるのかとウィリアム様に尋ねた時、「王都から馬車で三日ほどの場所だよ。案外近いんだ」と言っていたのを覚えています。

馬車は四日以上走っていたのは確かです。もしかしたら、どこへ行ったか分からなくなるように遠回りをしていたのでしょうか。

何もかもが分からなくて、彼がどうして私に固執するのかも、分からないのです。

「……貴方は、何がしたいのですか？」

私の問いかけにアクラブは「さあ？」と肩を竦めました。

「……だが、そうだな。君は俺にとって特別な存在ではあるな」

あまりに唐突で意味が摑めない言葉に、私たちは顔を見合わせました。

「ところで画家。折角お前を連れてきたんだ。描いてほしい絵がある」

「私、ですかぁ？」

「ああ。絵を描くための部屋と道具も用意した。大丈夫、従ってくれるなら、リリアーナにも危害は加えないよ……『素直に』従ってくれるならね」

そう言ってにやりと笑ったアクラブにレベッカさんは、私を見つめた後、頷きました。

「分かりましたぁ。でも、奥様に何かしたら、もう絶っっっ対、なーんにも描いてあげませんからね」

「はいはい」

適当な返事をして、アクラブが立ち上がりました。

「奥様、お仕事に行ってきますねぇ」

「気を付けて下さいね」

レベッカさんは「は～い」と頷きつつも、何度か私を振り返りながらアクラブの後について、部屋を出て行ってしまいました。

「……ウィリアム様、セディ」

私は左手の指輪を撫で、右手でそっと包み込みました。

一人取り残された私は、外にも出られない上、何もない部屋だったのですることもなく、ただぼんやりと過ごすしかありませんでした。

ここへ到着した翌日からレベッカさんは、毎日、どこかの部屋に絵を描きに行っています。朝ご飯を食べてから出かけ、寝る頃に帰ってきます。何を描いているのかは、「内緒なんですぅ」と困ったように言うので、無理やりには聞いていません。きっと、アクラブに口止めされているのでしょう。

ですが、この数日間、アクラブは何故か私を晩餐に誘ったり、屋敷の中を案内したりしてきます。彼はよく喋る人のようで、とりとめもないことを一方的に話しています。

そういえば母の実家である子爵家で、吟遊詩人に変装した彼に会った時も、彼は一人でよく喋っていました。

今日は昼ご飯の後、庭へと誘われました。

いくら外へ出ても私一人で逃げることはできないですし、レベッカさんを置いてはいけませんので、黙々とアクラブの後についていきます。

ここのお庭は、最低限の手入れがされているだけで侯爵家の手入れの行き届いた美しいお庭に比べると、どこか物寂しい雰囲気が漂っていました。もしかしたらそれは、秋という季節がそう感じさせるのかもしれません。

彼は一人で今日の天気について喋っていますが、私は基本的にできる限り相槌も打たないようにして、黙っていました。

「あー、いい天気だ。んだが、秋もだんだん冬に近づいてきたな」

彼の言葉通り、日を追うごとに冬の気配が近づいてきているのを肌で感じます。私は肩にかけた厚手のショールを直しました。

「画家の嬢ちゃんに聞いたが、リリアーナ、夏の終わりから一カ月も寝込んでたんだってな。体は大丈夫か？」

振り返りもせず投げられた問いにも、私は沈黙を貫きました。

この人はどういうわけか、私の体を心配してくるのです。自分で私を誘拐して、どこかも分からないこの場所に連れてきたというのに、度々「体は大丈夫か」と尋ねてきます。

「なあ、復讐の果てには、何があるんだろうな」

アクラブは、雲一つない秋晴れの空を見上げていました。つられて私も空を見上げます。

真っ青でどこまでも青く晴れ渡った空。隔てるもののない空では、太陽が惜しみなくそのまばゆい光で地上を照らしています。

「例えば侯爵があんたを見つけず、あんたは伯爵家の一室に閉じ込められたまま。それでサンドラがあんたを殺していたとするだろう」

物騒な想定に眉を寄せます。ですが、もしウィリアム様と結婚していなければ、私は例の死体愛好家の男性に売られていたのかもしれない、と思いました。

「あんたが幸せにならずに死んだら、ある意味、サンドラの復讐は成功していただろう。そうしたら、あいつは満足だったんかね。愛する男の過ちを、赦せたと思うか？」

私は自分の頬に手を伸ばしました。

サンドラ様は、最後の最期まで私を憎んでいました。私の頬をつねろうとした手には、ほとんど力がこもっていませんでしたが、それでも私を赦すことも、自分がしたことを悔(く)いることもなく、いっそ清々(すがすが)しいほど最期まで私を嫌(きら)い、憎んでいました。

復讐を果たした先には何もない、と以前、弟が読んでいた冒険(ぼうけん)小説にありました。

「あんたをないがしろにして、そんな傷まで負わせた両親やあの我儘(わがまま)な姉に復讐を望んだことはないのか？」

アクラブが振り返りました。

彼の暗い色の眼差(まなざ)しは、なんの感情もなくただじっと私を見つめていました。

何故私の傷跡(きずあと)を知っているのだろうと一瞬(いっしゅん)、身構えましたが、きっとサンドラ様が話したのでしょう。

「もし、少しでも復讐したいという気持ちがあるのなら」

「ありません」

私は即座(そくざ)に否定しました。否定しておかなければ、この人は何をしでかすか分からないと思ったのです。

「ありません。一度も。それに彼らは充分(じゅうぶん)に罰(ばつ)を受けました」

私はその目を見つめ返して、淡々(たんたん)と告げました。

サンドラ様はその命さえも目の前の男によって奪(うば)われ、父は最愛の人を喪(うしな)い、姉は母親と父親を失いました。

「……お前は優しいな。流石、女神様」

卑屈ともとれる笑みを浮かべて、アクラブはまた顔を空へと戻しました。

秋の風が森の中を駆け抜けて庭へ到着し、私たちの髪を揺らしました。その冷たさに首を竦めます。

「……部屋の中に戻ろう。お前が風邪を引いたら大変だから」

そう言ってアクラブは、屋敷のほうへ歩き出しました。

私の歩調に合わせてゆっくり歩くこの人が、やっぱり分からなくて、私はざあぁっと木々を揺らして吹き抜けた木枯らしに、ため息を隠したのでした。


ここへ来て何日が経ったのでしょう。

もう癖になってしまっているのですが、左手の指輪を撫でながら私はぼんやりと外を見つめていました。レベッカさんは今日も朝ご飯を食べ終えると、迎えに来たアクラブと共に絵を描きに行ってしまいました。

「……ウィリアム様」

私を喪うことが何より怖いというウィリアム様。無茶をしていないか、案外、泣き虫なあの方が泣いていないか、心配ばかりが募ります。

ウィリアム様だけではなく、エルサもアリアナも、お義母様やタラッタ様たちも心配してくれているでしょう。

「セディは、泣いていないでしょうか」

ここ数年で随分と大人びた弟ですが、まだまだ甘えん坊なところがあります。きっとヒューゴ様が支えてくれている、そう信じるしかできないことが歯がゆいです。

それにどれだけ時間が経っても、アクラブの真意が見えないことも私の神経をすり減らしていました。

私に暴力や暴言を振るうわけでも、かといって閉じ込めたままにしておくわけでもないのです。私を連れ出しては、とりとめのない話をし、自分が満足したら部屋に戻される。

私の体を心配して、食事も三食しっかりと出てきます。服も丁寧な作りの物が何着も用意されていました。

私たちを誘拐するために町で騒ぎを起こした時は、彼の仲間と思われる人たちがたくさんいたのに、ここではアクラブしか見かけることがありませんでした。

「もしやウィリアム様に何か……」

私を人質にウィリアム様に何か攻撃をしているのかもしれないという事実に今更気が付いて、私は顔を青くしました。

「……ウィリアム様……っ」

祈るように手を組んで私はうなだれました。

「おい」

ドアのほうで私を呼ぶアクラブの声がしました。

私は髪の隙間から目だけを彼に向けました。

「おいで。準備が整いつつあるから、お前に話しておきたいことがある」

そう言ってアクラブはドアを開け放したまま、部屋を出て右のほうへ消えました。私は少しの逡巡の後、立ち上がり廊下へと出ました。

彼は少し先で待っていて、私がついてきたのを確認するとまた歩き出しました。

彼が入って行ったのは、一階下の二階にある主寝室と思われる大きな部屋でした。日当たりの良い部屋は、大きなベッドが置かれ、壁際には本棚もありました。本棚にはぎゅうぎゅうと本が詰まっています。

「……ここはカトリーヌ、お前の母親が最期を過ごした部屋だ」

アクラブはバルコニーがついている大きな窓の前で、外を見ながらそう告げました。

私は驚きませんでした。

部屋に入った時に、そうだろう、と感じたからです。

女性向けと思われる調度品。カーテンもカーペットも柔らかな暖色系でまとめられていますが、この部屋は長いこと手入れをされていないのでしょう。どれも色あせてくすんでいます。それにこの穏やかな部屋が、実家である子爵家の母の部屋の様子によく似ていいました。

何より、大きなベッドの傍らには赤ちゃん用の小さなゆりかごも置かれたままになっていたのです。

きっとあの小さなゆりかごで私は眠っていたのでしょう。

「なあ、お前は子どもを産むのか」

「……はい？」

意味が分からなすぎて私は思わず首を傾げていました。

ですが、アクラブは今日も今日とて私の意思など介さず、先を続けます。

「『泥棒さん』って俺はあいつに――カトリーヌに呼ばれてたんだ」

突然の告白に、私は「え？」となんとも間抜けな声を漏らしてしまいました。アクラブは気にも留めずに先を続けます。

「俺がもっと若い頃はまだまだ組織の下っ端でよ。この国に来た時、ここは社交期真っ盛り。夜になりゃそこら中の貴族の屋敷で夜会が開かれていた。ああいう人の出入りが多い日は、警戒も強くなるが、人が多い分、忍び込みやすいんだ。んで、金品をちょろまかしてたってわけだ」

私は母と目の前の彼が知り合いだったことに驚きを隠せず、呆然と彼の話に耳を傾ける他ありませんでした。

「あの日、侵入した貴族の休憩部屋に彼女がいた。普段は、人がいる部屋には行かないようにしてたんだけどよ、仲間との伝令がうまくいってなくて、あいつがいたんだ」

　がちゃがちゃと鍵を外す音がして、窓が開け放たれました。ふわりと色褪せたカーテンが風に乗って広がります。

「……女神かと、本気で思ったよ。それまで神も妖精も精霊も一度だって信じたことのない俺が、本当に心から女神がいるんだって馬鹿馬鹿しくも思ってしまうほどに、お前の母親は美しかった」

　懐かしむような声音に私の混乱はますます酷くなります。

「カトリーヌは、怖がるどころか小説みたいと喜んで、俺を『泥棒さん』って呼んで、お友だちになって下さいって、また会いたいって言うんだぜ。見た目はまさに貴族のお姫さんなのに、言い出すことはらしくもねえ。俺は、それが可笑しくて彼女が夜会に出る度に会いに行った。彼女はいつも途中で休憩部屋に下がるから、そこに忍び込んでたくさん話をした」

　私はようやくここで、私に向けられる「女神様」という呼び名が本来は私の母に向けられたものであったと気付きました。

「俺たちはいわゆる、友だちってやつになった。面白いよな。あいつは貴族で俺は泥棒で、身分が全然違って生きている世界も違う。だから、お互いの話が新鮮で余計に面白かった」

アクラブはやはり楽しそうに語り続けました。

自分がヘマをして、番犬に追いかけ回された話。母が歓談中にうっかり相手のカツラを見すぎて気まずくなった話。

「でも、カトリーヌには想い人がいたんだ。俺にだけ教えてくれた。相手は知らねえけど、そいつが好きだって、そいつと添い遂げたいって。だけど、自分は貴族で、何より……体が言うことを聞かないから難しいって、悲しそうに言ってた」

彼の長い黒髪がさらさらと風に揺れています。

「……本当は盗んじまいたかった。あいつを盗み出して、あいつの好きな奴のところに届けてやりたかった。でも当時の俺にそんな力はなくて、ただあいつの話を聞いてやるしかできなかった。……そうやって俺が何もできないでいる間にカトリーヌの結婚が決まった」

言葉を切って、アクラブが私を振り返りました。

そこにはぞっとするような冷たい眼差しがありました。

「知っているか？　お前の両親は、白い結婚を約束してたんだ」

固まっていた私はかろうじて首を横に振りました。混乱が混乱を呼び、頭の中は真っ白になっていました。

白い結婚――偽装結婚。夫婦生活を伴わない、表面上の結婚。

確か以前に読んだ恋愛小説では、そのような設定だったと記憶しています。

「貴族ってのは子どもができないと離縁しやすいんだってな。カトリーヌは言ったよ。『離縁されて家を出る時、盗みに来て。私の想う方のところに連れて行って』と。だから、俺は一度は諦めたあいつを盗み出す作戦を三年かけて準備することにした。だが……お前を産んだせいで、カトリーヌは死んだ」

変えようのない事実に私は、違うとも酷いとも言うことができませんでした。彼にしてみれば、いつも通りの沈黙に思えたかもしれませんが、今の私には何も言うことができないだけだったのです。

「約束を破ったんだよ。お前の父親は……薬を盛られて理性を飛ばして、カトリーヌを抱いた。たった一晩の過ちで、誰も望んでいなかったのにお前はできた。望んでいたのは、あの家に固執し、血と爵位の継承を重んじた老執事だけだ。なのに、お前は女で、男しか爵位を継げないこの国の貴族という生き物にしてみりゃ、なんの意味もない存在だ」

嘲るように嗤って、アクラブは肩を竦めました。

「確かにお前の体には貴い血が流れている。侯爵夫人に相応しい血だ。だが……本当に、それは――英雄の妻として相応しいのか？　母親から、父親から、サンドラから、幸福な未来を奪ったのは、お前だったのに。お前さえ生まれなければ、皆が幸せになれた。そんなお前から生まれて、お前と侯爵の子どもは幸せになれるのかねぇ」

　ナイフを胸に突き付けられたような痛みが走りました。

　アクラブは愉しそうに目を細め、ニイッと唇に弧を描きました。

「哀れな母親と同じ運命を辿らないよう祈ってるぜ」

　そう告げるとアクラブは立ち尽くす私の横を通り過ぎ、部屋を出て行きました。

　ドアを閉める音も聞こえませんでしたが、私は彼の気配が遠のくとずるずるとその場に座り込みました。

「お母様……想う方、白い、結婚」

　私は呆然とそう繰り返しました。

　呑み込むには大きすぎて、整理するには複雑すぎて、突然もたらされた事実に私はただただ呆然とすることしかできませんでした。

　でも、一つだけ心の中に浮かび上がった存在がありました。

　最愛の弟のセドリックです。

　もし、私が生まれておらず、白い結婚の約束が果たされ母と父が離縁して、サンドラ様が普通に父と結婚していたら、あの子は両親に愛されて幸せに育っていたかもしれない、と私は気付いたのです。

　私の存在がサンドラ様の心に永遠に消えない憎しみの炎を灯し、その憎しみの火花は彼女の最愛の夫との子であるはずのセドリックにも降りかかっていました。

「セディ……」

名前を呼べば「姉様」と無邪気に笑う弟の顔がありありと浮かぶのに、私は想像の中でさえ、あの子に手を伸ばすことができませんでした。

母だって私を産みさえしなければ、若くして亡くなることもなかったかもしれない。

視界の端で結婚指輪と婚約指輪がキラキラと輝いていました。

その輝きさえも、私を責め立てているように感じられます。

この日、仕事を終えたレベッカさんが青い顔で探しにくるまで、私はここに――母が最期を過ごした部屋に座り込んでいたのでした。


「ウィリアム、これは王太子命令だ。一度、家に帰って休め」

そう言われて、私――ウィリアムはフレデリックと共にリリアーナが誘拐されて以来、初めて我が家へ帰宅した。

「お兄様、おかえりなさい」

駆け寄ってきたヒューゴに私は「ただいま」と力なく返す。ヒューゴは心配そうに私を見上げて「大丈夫ですか？」と問いかけてくる。

「ああ」

おそらくこの世で一番信用ならない返事をして、弟の頭をぽんぽんと撫でた。

「旦那様、おかえりなさいませ。皆様、談話室におられます」

アーサーの言葉に頷き、彼にコートを預けて談話室へ向かう。

広い屋敷の中は、火が消えたように静まり返っていた。

リリアーナとレベッカが誘拐されて、既に三週間が経過していた。

この三週間、どれほど力を尽くしても手掛かり一つ見つからないままだった。

季節はすっかり冬へと移り変わり、いつ雪が降り始めるかと気が気ではなかった。雪が降れば全てを覆い隠してしまう。それでなくとも見当たらない手掛かりが、より一層、見つからなくなってしまう。

談話室に到着して中へ入ると、一斉に私に視線が向けられた。

そこにはリリアーナの祖父母、リリアーナが父と慕うガウェイン殿、そしてセドリックがいた。

「母上は？」

「大奥様はあまり体調が優れず、お休みになられております。グラシア妃殿下とお嬢様が付き添って下さっております」

「……そうか」

アーサーの答えに私はそう返す。

グラシア妃殿下は、普段お世話になっているからと自ら母の看病を買って出てくれたのだ。アルフォンスもそうするように言ったので、この三週間、我が家で妹のクリスティーナと共に母を支えてくれている。フィロメナ嬢は、いつも以上に仕事に精を出し、商人としての立場を利用して情報収集を頑張ってくれていて、タラッタ姫はそんな彼女を補佐している。

いや、彼女たちだけではない。リリアーナの友人たちは皆、自分にできうる限りのことをして、なんとかリリアーナの行方に関する情報を得ようと奮闘してくれている。

セドリックに会うのは、リリアーナが誘拐されて以降、これが初めてだった。

心配そうにセドリックが駆け寄って来る。

「義兄様、大丈夫ですか？　顔色が……」

「……すまない、セドリック」

私は深々と頭を下げる。

「まだリリアーナに関する情報は何も見つかっていない。本当に不甲斐ない」

セドリックにしてみれば、リリアーナは姉でありながら、母のような存在でもある。そんな存在の安否が分からないとなれば、この小さな弟の胸はどれほどの不安に押し潰されそうになっているだろうか。

「顔を上げて下さい、義兄様」

小さな手が、私が体の横で握り締めていた手を取った。

出会った頃に比べると、この小さな手は一回り以上大きくなっていた。

「僕は、姉は正しいことをした、と……そう思っています」

思いがけない言葉に私は顔を上げた。

セドリックの紫色の瞳はじっと私を見つめていた。

「スプリングフィールド侯爵夫人として、あるいは英雄の妻として、姉の選択は正しかった。義兄様の選択もまた正しかった。僕は、そう思っています」

そう言って優しく微笑んだセドリックは、リリアーナにそっくりだった。

あの日、リリアーナも同じように笑っていたのを鮮明に覚えている。

自分のためではなく、誰かのために笑みを浮かべることのできる強さを、私は心から尊敬している。

「……ありがとう、セディ」

きっと私がこの姉弟に敵う日は来ないだろう。

「義兄様、お疲れでしょうから座って下さい」

そう促されて私は空いていたソファに腰かけた。

「義兄様、僕、シャーロット様の様子を見てきます。いつもこの時間、お伺いしているので。ヒューゴも行こう」

「うん。お兄様、ついでに料理長に元気の出るご飯を頼んでおきますね！」

弟たちは忙しなく談話室を出て行った。

子どもたちがいなくなり、大人たちの顔はますます深刻なものになる。

「しかし、こうも情報がないとはね」

ガウェイン殿が苦々しげに言った。

「どこへ行ったのかしら、あの子……」

リリアーナの祖母・クラウディア様が目を伏せる。そんな妻の肩を抱いて、夫のトラヴィス殿も思案顔だ。

マリオを筆頭に諜報部も死力を尽くしてくれているのだが、まるで女神様が隠してしまったかのように、乗り捨てられた馬車以外は痕跡がないのだ。

「……そういえば」

ふいにガウェイン殿が口を開いた。

「サンドラが以前、あの男、アクラブと言うんだったかね？　あの男がやけにカトリーヌについて聞いてくると癇癪を起していた」

「何故、アクラブが娘のことを？」

トラヴィス殿が眉を寄せる。

それもそうだ。カトリーヌ様は十九年も前に亡くなっている。

「私もそう疑問に思ってね。エイトン伯爵家のことを探っているのなら、あの家の癌はサンドラであったと分かるだろう。既に亡くなって久しい前妻のことを調べてどうするのかと。彼女の実家である子爵家に何かの害を及ぼす気かと思ったのだが、子爵家については興味がなさそうだ、とサンドラは言っていたんだ」

「アクラブは他に何を？」

「特にカトリーヌ様の最期について、知りたがっているようだったとサンドラも怒りながら不思議がっていたよ」

私は片手で顎を撫でながら、重要なことを思い出す。

「……新婚旅行中にアクラブと接触した際、あいつ、日記帳を持っていたんです」

「日記？」

「はい。赤い革の表紙で凝った装丁の日記帳でした。小さな鍵がついていて……それをあいつは、カトリーヌ様のものだと言ったんです」

息を呑む音がいくつも聞こえた。

「正直なところ、それが本当かは分かりません。あいつが何者であるか、本当に黒い蠍の首領なのか、誰も知らないわけですから」

私が続けた言葉にガウェイン殿とトラヴィス殿は頷いたが、クラウディア様は何かを考え込んでいるようだった。

それに気付いて、私は彼女が口を開くのをじっと待つ。

「……わたくし、あの子が嫁入りする時、日記帳を渡したのです。新しい生活をここに書きなさい、と……赤い革表紙に鍵付きのものです。侯爵様、それの装丁は草花の文様ではありませんでしたか？」

クラウディア様の言葉に驚きつつ私は首を横に振った。

「すみません、薄暗い場所だったので、凝った装丁だなと思っただけで、詳しくは……」

アクラブが言うようにカトリーヌ様のものであれば、本当かどうかはさておき、そんな奴の手の中にあるのはよくない。捜査に手を尽くしているが、所在も摑めぬ男の持ち物を奪い返すのは至難の業だった。

「……あいつは、やけにリリアーナに執着しているが、本当は……カトリーヌ様が目的だったんじゃないか？」

ガウェイン殿の言葉通り、カトリーヌ様のことは無関係ではないだろう。なにせ、あの男は変装して子爵家に潜り込んでいたのだ。だが理由も接点も分からない。

「子爵家に潜り込んだ時、あいつは何も盗んだりはしていないのですよね？」

「ああ、君も何度も確認しただろう？　我々が盗まれそうになったのは、可愛いリリアーナだけだ」

捜査の過程で何度となく確認をしたし、トラヴィス殿やクラウディア様も何度も聴取に応じてくれたし、私とマリオ立ち合いのもと、重要書類や家宝と呼ばれる類いの金品がなくなっていないかも確認している。

結論としては、リリアーナに接触し、誘拐するための下準備だったのだろう、ということに落ち着いたのだが、本人以外にその理由を知る者は実際のところ、いないのだ。

病弱で家に籠りがちで、十八歳の若さで亡くなってしまったカトリーヌ様と、世界をまたにかける犯罪組織の男が結びつかない。

「あいつは、サンドラを殺してエイトン伯爵家をめちゃくちゃにした。私はこれまで、君を……目障りな英雄を嫁の実家をエサにして潰すつもりかと思っていたのだが、本当の目的は君ではなくエイトン伯爵家だったとしたら？」

ガウェイン殿が私を見つめながら言った。

「それは……確かに。私を潰せば戦争が起こり、犯罪組織の連中は喜びます。だから、それが目的だとずっと……でも、あいつはこの国において、あいつ自身が手を出していたのは、エイトン伯爵家とエヴァレット子爵家だけだ」

私の身の回りでは様々な事件が起きていた。古くからの旧友――アルマスが、フォルテイス帝国に利用されたこともあった。それも裏で黒い蜘蛛が糸を引いているかもしれないとは思っていたが、アクラブが姿を見せ、あいつ自身がかかわってきたのは、リリアーナとカトリーヌ様に関係する部分だけだった。

「………娘は、多分、好きな方がいたの」

クラウディア様の小さな声が沈黙を破る。

トラヴィス殿が驚いたように妻を見ていた。

「母親ですもの。恋する娘の変化にくらい気が付きます。あの子、夜会やお茶会は疲れてしまうものだから嫌がっていたのに……いつからか社交を、特に夜会を嫌がらなくなって、ドレスも自分から選ぶようになって、それとなく聞いてみたけれど『そんな方、いないわ』とあの子は笑っていました。……そして、特に何かが起こるわけでもなく、結婚が決まってあの子はエイトン伯爵家に嫁いでいきました」

「もしかして、その相手が、アクラブ、だったのだろうか」

ガウェイン殿の言葉はまだ迷っているような響きを持っていた。

だが、確証はない上、あまりに突飛な話だ。無理はない。

「そういえば、あの方、一度だけ……カトリーヌの最期について、訊いてきたことがあったわ。わたくしは、あの時、辛いことを思い出したくなくて、無下にしてしまったけれど……」

クラウディア様がそう言って顔を伏せた。

それでもなんとなく私の中では腑に落ちていた。

あいつが——アクラブが何者なのか、誰も知らない。私もリリアーナも、騎士団の諜報部隊もアルフォンスも、あいつに切られたことのあるガウェイン殿も、変装したあいつを住まわせていたトラヴィス殿もクラウディア様も、誰も知らない。

何も分からないから疑心暗鬼になりすぎて、黒い蠍の首領という肩書に相応しい理由を私たちは探していた。

だが、本当はそんなものは、一切、関係なかったのかもしれない。

愛した人の面影をあの男は、追いかけているのかもしれない、と。

「……もし、私があいつの立場で、カトリーヌ様と恋仲だったなら、人に言えずとも想い合っていたのなら」

もしも私があいつと同じ立場で、身分違いの誰にも言えない恋をしていたなら。

「吟遊詩人に変装してでも、愛する人が健やかに育った場所を見てみたいと思うかもしれない」

何も盗らず、壊さず、ただ、子爵家で歌っていただけだった吟遊詩人。

彼が社交界に不仲の噂を流して壊そうとしたのは、リリアーナと私の関係で、決してカトリーヌ様の生家やカトリーヌ様の愛する両親ではなかった。

「彼女が生きていた世界を見たいと、そう思うと同時に……」

その恋した人に生き写しの娘を連れてどこへ向かうだろうか。

恋する人の命を奪った娘と共に、どこへ。

「…………最期に、彼女が見た景色を、見たいと願います」

だからアクラブは、カトリーヌ様の日記帳を持っていたのかもしれない。その最期の想いを知りたかったのかもしれない。

「あの子は、伯爵領にある別邸で亡くなったんだ。……ただ、私たちはあの子の亡骸を王都で迎えたので、どこにあるかまでは知らない」

トラヴィス殿が言った。

「ウィリアム君、手掛かりがない以上、虱潰しでも行ってみる価値はある」

「……はい！」

一筋の光がようやく見えた気がして、私は勢いよく立ち上がる。

「アーサー、急ぎ出立の準備を！　ガウェイン殿はすぐにアルフォンスに事の次第を伝えていただけますか？　フレデリック、マリオとジュリアに我が家に来るように言ってくれ！」

私はそう命令を出しながら廊下へ出て自室へと向かう。旅に出る準備をするためだ。アーサーとフレデリックは忙しそうに駆け出す。

「義兄様！」

「旦那様、どうされました？」

廊下の向こうからセドリックとエルサとアリアナがやって来た。

「リリアーナの居場所の有力候補ができた。まだ推測でしかないが……そこへ」

「ど、どこですか？」

セドリックが驚いたように問いかけてくる。

「……エイトン伯爵領の別邸、カトリーヌ様が亡くなった家だ」

三人は、どうしてそこにという顔をしている。

「私は仕度をして準備が整い次第、出発する。正直、本当にいるかは分からないが、王都で頭を抱えているよりも行ってみる価値はある」

「旦那様、私とアリアナもお連れ下さい。奥様のお世話は私たちの仕事です」

エルサが申し出て、アリアナがうんうんと頷いている。

「分かった。ではエルサ、自分たちと、そして、リリアーナの分の仕度を頼む。アリアナは、食料の確保を料理長に頼んできてくれ」

「「はい！」」

二人揃って頷き、彼女たちもまた動き出す。

「義兄様、僕も連れて行って下さい」

「セディ、だが……」

「エイトン伯爵領は僕の家です。僕がいて損はないはずです。それに僕の姉のことです」

真っ直ぐに私を見上げる眼差しに、私は数拍の間を置いて頷いた。

「自分で仕度はできるかい？」

「は、はい！」

セドリックの顔が輝く。

「仕度ができたらエントランスに集合だ」

「はい！」

セドリックも自室へと駆け出し、私もその背を追うように階段を駆け上がる。

リリアーナ、どうか、どうか無事でいてくれ、そう願いながら自室のドアを開けるのだった。

第五章 明かされた真実と愛

鉄格子の向こうでは、森を霞ませるほど寒々しい雨が降っています。

ソファに座ったまま私はぼんやりとその雨を見ていました。

レベッカさんがこの部屋に帰ってこなくなって、三日が経ちました。絵が大詰めを迎え、すさまじい集中力で筆を走らせているとアクラブが言っていました。

私の目の前には、手つかずの朝食と昼食が置いてあります。

アクラブによってもたらされた衝撃的な事実に、私はだんだんと食欲と気力を失い、彼に誘われても部屋の外に出ることもなく、日がな一日、ぼんやりと過ごしていました。

この三日、私はずっと母のことを考えていました。

おばあ様やおじい様も知らない母のこと。

白い結婚を約束した両親。それ自体は不思議ではありませんでした。

父は、今も昔も私の知る限り、サンドラ様だけを愛していました。その愛が正解だったのか間違いだったのかは分かりませんが、それだけを父は貫き通しています。

アクラブは、薬を盛られた父が強引に母と関係を持ち、私ができたと言っていました。

双方、同意の上ではない行為の果てにできた娘。

母には想う方が別にいて、そうではない男性の子を身ごもって、その上、出産のせいで体調を崩し、若くして女神様のもとへ逝ってしまいました。

母が最期の時を過ごしたこの屋敷は、森の傍にあってとても静かで物悲しい場所でした。きっと侍女さんなどが傍にいたでしょうが、愛する母や父もおらず、夫に見向きもされず押し込められて、その最期は寂しくなかったのでしょうか。

私が生まれなければ、私を身ごもりさえしなければ。

膝の上で握る手をますます強く握り締めるとスカートに深い皺が刻まれました。

ガチャリ、となんの前触れもなくドアが開きました。

目だけを向けるとアクラブが立っています。彼は私の目の前に置かれた手つかずの食事に気が付いて眉を寄せました。

「……やっぱり、どこか具合が悪いのか？　ここんところろくに食べてねぇじゃん」

「…………」

返事をしない私にアクラブはため息をついて、部屋を出て行きました。ですが、すぐに何かを肩に担いで戻って来ました。

「町に行ったら、運良くいたから連れてきた。腕は良いって周りの奴が言ってたから」

どすんと転がされたのは縄で縛られた男性でした。

私は驚きにアクラブを見上げますが、アクラブは「こいつ、医者ね」と言ってさっさと部屋を出て行きます。

「俺、出かけてくるから」

そう言って、彼はさっさと部屋を出て行ってしまいました。

残された私は、床の上でうつぶせのまま、うごめいている男性に視線を向けます。布を噛まされているのでしょう。ふがふがと呻く声が聞こえます。後ろ手に縛られていて、太ももと足首も縛られているので、立ち上がることもままならないようです。

「も、もし、もし……大丈夫、ですか？」

「ふが、ふごご」

声を掛けてみましたが、布を噛まされていては会話ができません。

ですが、背筋の力で顔を上げた男性に私は、息を呑みました。

「ア、アルマス先生……？」

「ふふあーふふま？」

切れ長の水色の瞳が驚きに見開かれます。

私は慌ててソファから降りて駆け寄り、彼の口を塞いでいた布を外しました。

「なんでリリアーナ様がこんなところに？」

彼はウィリアム様の旧友でお医者様のアルマス先生でした。

「アルマス先生も何故こんなところに……」

亡くなられた弟さんのお墓がある辺境にアルマス先生はいたはずです。

私たちはお互いに呆然と顔を見合わせます。

ですが、アルマス先生が縛られていることを思い出し、私はなんとか縄をほどこうと頑張りましたが、固く結ばれていて私の力ではほどけません。

「リリアーナ様、そこの燭台のろうそくで、ロープを炙ってみて下さい」

そうアルマス先生に言われて、私は燭台のろうそくの火で彼の手首を縛る縄を慎重に炙りました。縄の焼ける臭いが部屋に充満して、少しするとアルマス先生が、自力でぶちりと縄をちぎりました。

「ありがとうございます、リリアーナ様」

そう言って彼は太ももと足首を縛っていたロープを自分でほどいて立ち上がりました。

私が見る限りでは大きな怪我などはなさそうで、私よりもずっと顔色もよく、ほっと胸を撫で下ろし、アルマス先生が差し出してくれた手を取り立ち上がりました。

「あの男は誰ですか？　侯爵家の使用人？」

二人でソファに並んで腰かけながら、アルマス先生が首を傾げます。

「いえ、そういうわけでは……アルマス先生はどうしてこんなところに？　弟さんのところにいたのでは……？」

　私の問いかけにアルマス先生がぴしりと固まりました。そして、気まずそうに視線を逸らした後、何かを決意したのか勇ましい顔で私を振り返ります。

「言い訳を、聞いて下さい」

「は、はい」

「この夏、アルフ様の結婚式が執り行われたでしょう？」

「ええ。とても素晴らしいお式でしたよ」

「俺は平民だし、他国民だし、結婚式とかには参加できません。でも、パレードは誰でも観覧できるって聞いて、友人の晴れ姿が見たくて、雪がとけてすぐ王都に向けて出発したんです」

「…………もう冬ですが」

　私は窓の外を見ます。寒々しい雨は、いつ雪に変わるとも知れません。

ここが本当にエイトン伯爵領であれば、王都よりやや南にあるので、もしかしたら王都はもう雪が降っているかもしれません。

「違う、違うんです。リリアーナ様、本当にアルフ様を祝う気持ちが、俺にもあったんです！　あったんですが……この国は自然豊かな素晴らしい国で、貴重な薬草や珍しい薬草があちこちにたくさん生えていて！」

「……つまり？」

「つまり……そのー……寄り道を、ですね、あっちこっちへしていたら結婚式どころか夏が終わってしまって。秋さえも半ばを過ぎているのに気付いて大急ぎで王都を目指した次第です。この国、雪がすごいので、せめて、冬までには王都に入ろうと思って……」

「それでどこの町に？」

「ええと、俺があの男にさらわれるまでいたのは、多分、すぐそこです。馬車の移動でそこまでかかっていないし、エイトン伯爵領のピサロという町です。この伯爵領で一番大きな町だって」

「やはりここは本当にエイトン伯爵領なのですね」

「はい。……いきなりやって来て、あいつが具合が悪い女を診てもらうって……リリアーナ様、どこか具合が悪いのですか？　そういえば顔色も優れませんし、失礼ですが以前より線が細く……」

アルマス先生がお医者様の顔つきになって、私に向き直ります。

「実は、その……私、誘拐されてここへ」

「え⁉」

アルマス先生が驚きに目を見開きます。

「おそらく三週間以上前にここへ来ました。すみません、何もないので日付感覚もあいまいになってしまって」

「なっ、ウィ、ウィルは何を？」

「……あの日、私は王都の手芸屋さんにウィリアム様と一緒に出かけて、最初に人質にとられたのは私ではなく、小さな女の子だったのです。その女の子の命と引き換えに、私は我が家のお抱えの画家の女性と共にあの人が言うまま馬車に乗り、ここへ。アルマス先生、町で夫の、ウィリアム様のことは何か聞きましたか？　私たちの乗った馬車が動き出した後、ウィリアム様たちはあの人の仲間と思われる人たちに襲われていて」

「すみません、何も。俺も町に入ったのが昨日で、基本的にずっと野宿をしていたんです。昼まで寝ていて、昼飯を食べようと思って外へ出てすぐに攫われて……でも、町の様子は落ち着いていたし、昨夜の酒場でもそんな話は聞かなかった。それにあいつは殺したって死なないですよ、医者の俺が保証します」

力強く頷くアルマス先生に私も、そうですね、と頷きました。

誘拐は王都の大通りで行われて、たくさんの目撃者がいました。ウィリアム様に何かあっても、それを国民に隠し通すことはできないはずです。

アルマス先生の言うように、町が落ち着いているならば、ウィリアム様たちは無事なのでしょう。

「リリアーナ様、あの男は何者なのですか？」

「あの人は……アクラブと本人は名乗っていて、黒い蠍の首領だと言われています。……

ですが、誰も本当のことは知りません」

アルマス先生が息を呑みました。

黒い蠍は、とても大きな犯罪組織です。一般市民さえ知っているその組織を各国を旅してきたアルマス先生が知らないということはないでしょう。

「……エイトン伯爵領は、私の実家なのです。ここは、その中にある別宅で」

私はそこで言葉を切って顔を伏せました。

何もない手はまだスカートをきつく握り締めています。

「私の、母が……最期を迎えた場所、だそうです」

「……俺には詳しい事情はよく分からないんですが、アクラブとかいうあの男と何か関係があるのですか？」

アルマス先生の疑問はもっともです。

私は暫し逡巡した後、口を開きました。

私の母は私を産んで半年後に亡くなったこと。後妻として来た継母のこと。そして、継母がアクラブと関係を持っていたこと。

アクラブは何故か私に興味を持っていて、それが私の母がきっかけだったこと。

私の要領を得ないでしょう話を、アルマス先生は根気強く聞いて下さいました。

「アクラブは、リリアーナ様のお母様と知り合いだったということですね」

「そのようです。最初は嘘かと思ったのですが、だったらここまでする必要はないと思ったのです。それに……母の話をしていた時のあの人が嘘を言っているようには思えませんでした」

あのぞっとするほど冷たい眼差しは、嘘や演技だとは到底思えませんでした。私を憎んで憎んで、憎みぬいたサンドラ様も、同じ目をしていたからです。

「実は、アルフォンス様とグラシア様の結婚式の後、私、疲れが出てしまって、一カ月ほど寝込んだのです。痩せているのは、そこからまだ体重が戻っていなくて……」

アルマス先生が「なるほど」と頷きます。

「ここへ来る前、ウィリアム様と喧嘩をしてしまったんです」

「お二人は時々、喧嘩をしますよね。俺がいた時も何か揉めていて、でも、夫婦ってそういうものかもしれませんね」

「そうですね、喧嘩をできるのも夫婦の証拠なのかもしれません」

そういう考え方もあるのだと、私は少しだけ肩の力が抜けました。

「今回はなんで喧嘩を？　仲直りはしなかったんですか？」

「仲直りはちゃんとしました。そのことについては後日、きちんと話し合おうと……原因は、子どもです」

「子ども？　ま、まさかリリアーナ様、ご懐妊……！」

「い、いえ、違います！」

　慌て出したアルマス先生に私も急いで首を横に振ります。まるでグラシア様が家出してきた時のようで、私は少し笑ってしまいました。アルマス先生が頬を赤くします。

「で、では、何故、存在していない子どものことで喧嘩を？」

　アルマス先生は、恥ずかしさを誤魔化すように先を促してきました。

「子どもを作るか、作らないか、で。私が二十歳くらいになったら、体も今よりずっとよくなっているだろうから、子どもについても考えようと言われていたんです。ですが、長いこと寝込んでしまって。その分、ウィリアム様は私の体を心配して、子どもはいなくてもいいと。私はウィリアム様の子どもだから欲しいと、そういう意見の相違です」

「それは、うん、難しい問題ですね。医者という立場から言っても、出産こそ未知数だ。リリアーナ様のように体が弱くても無事な人もいれば、健康体だったのに母子共に……なんてこともある」

　アルマス先生は悲しそうに目を伏せました。

「はい。私の友人が昨年出産したのですが、産後の肥立ちが悪く、八カ月も寝込んでいたのだそうです。今はもう回復していると言っていましたが……ウィリアム様にとっては考え直すきっかけになったようでした」

「……リリアーナ様は、欲しいのですよね？」

アルマス先生が窺うように尋ねてきます。

「……心から欲しいと望んでいたはずなのに……。ここへ来て、分からなくなってしまいました」

笑おうとしたのですが、アルマス先生はますます悲しそうな顔になったので、どうやら私は失敗してしまったようです。

「母は私以上に体の弱い人だったと祖父母から聞いています。私を産んで……そして、半年でこの世を去りました。十八歳の時です。私は十九、いつの間にか母の歳を越しました」

アルマス先生は黙って私の話に耳を傾けてくれています。

「母には好きな人が別にいて、父も先ほど話したサンドラ様を愛していました。だから白い結婚を約束したんだと……ですが、その約束は果たされませんでした。父も母も望んでいなかったでしょう。なのに私が生まれて、母は亡くなりました。こんな寂しいところで」

ガタガタと窓が風に揺れます。

「もしも私が生まれなければ、母は死ななかったかもしれません。白い結婚の約束は果たされて、父はサンドラ様を後妻に迎えて、セドリックだって両親の愛を無邪気に受け取ることができたかもしれない。私はずっと偽りの幸福を享受していたのでしょうか。……

私はこれまで、人づてにしか聞いたことのない母のことをどこかずっと遠い存在だと思っていました。気付かないようにしていたって、……私が母の命を奪った事実は変わらないのに……っ」

膝の上にあった手が震えそうになるのを止めるため、胸の前で右手で左手を包むように握り締めました。

「……私は、ウィリアム様の子どもが欲しいと思っていました。でも、母の命を奪った私が、弟と両親の間に確執を作ってしまった私が母親で……幸せに、なれるのでしょうか」

胸にうずくまっていた恐怖の正体を言葉にして、初めてその姿がはっきりしました。

私の人生の半分以上は、あの薄暗い部屋と継母たちからの暴力の記憶だけでできています。辛くて、痛くて、今もまだ心の奥底で時折、痛みを訴えます。

私が母のことを真正面から考えようとしなかったのは、そのことを心のどこかで恨んでいたからなのかもしれません。

「……それは自分勝手ってやつじゃないですかね」

その言葉に私はアルマス先生に顔を向けます。

アルマス先生は顎を撫でながら、上を見上げて何かを考えている様子でした。

「……だって、リリアーナ様は、ウィリアムと共に生きていて幸せでしょう？」

ふいに向けられた水色の眼差しに私は迷うことなく頷きました。

「セドリック様だって、そうです。過去には辛いこともあっただろうけど、あの日、俺を抱き締めてくれたあの子の優しさは本物だった」

アルマス先生は懐かしむように目を細めました。

「医者なのに、合理的じゃないけど……『もしかしたら』を俺だって何度も考えましたよ」

「そうなの、ですか？」

「旅をしている間はそんなことを考える暇もなかったんですけどね。イーロのお墓があるのは、本当に綺麗なところで、春は泣きたくなるほど色鮮やかで、心の余裕ができたんでしょうね。あれこれ考える時間ができて……」

アルマス先生がそこで言葉を切りました。

短い沈黙の合間を縫うように風の音が窓を揺らします。

「もしイーロが生きていたらとか、カドック殿の剣が急所を逸れていたらとか、もっと昔、孤児院を離れて大学になんか行かず、あの時、俺も孤児院にいれば一緒にいられたかな、とか。……もしかしたら、守れたかな、とか」

ほんの少しだけその声に後悔が滲んでいました。

「でも、今、生きているのは俺で、今、幸せかどうかを決めるのは、俺自身です。将来、リリアーナ様とウィルに子どもができたとして、幸せかどうかを決めるのはリリアーナ様やウィルじゃない。……子ども自身です。貴女が、今、自分の幸せを自分で肯定したように、そうやって自分で決めるんです」

私は、ただただアルマス先生の言葉に耳を傾けていました。

「それにですね、リリアーナ様。子どもっていうのは親が勝手に作るものだ。この世には一人だって『産んでくれ！』と親に頼んで生まれた子どもはいない。それは俺もウィルもアルフ様でさえも同じで、セドリック様もあのアクラブって男も、リリアーナ様も同じなんですよ。……だから、たまには怒ったっていいんじゃないですかね、リリアーナ様は。こっちが頼んだわけでもないのに、自分勝手にあれこれ言う大人たちに」

そう言ってアルマス先生は、小さな子をなだめるように優しく微笑みました。

彼の言葉を理解した瞬間、自分で認識するより先に涙が溢れて頬を濡らしました。

「リ、リリアーナ様……!?」

アルマス先生が慌て出し「は、はんかち！」と言いながらポケットを探り、出てきた薬草を「これじゃない」とぺしんとテーブルに叩き付けました。

私はその光景を見ながら、ぼろぼろと涙を流して、だんだんと嗚咽まで零れてきてしまいました。

『お前がいなければ』

そう父や継母に言われたのは、一度や二度ではありませんでした。あの頃は、その意味も分からなくて、私自身セドリックがいないのなら消えてしまいたいと思ったこともありました。

「わ、私、父と、継母に、ずっと役立たずで、意味のない存在だと言われて……いくら知識を身に付けて、マナーを完璧にしても、どこかでずっと自信が、なかったのです」

役立たずだと、なんの意味もないと存在を否定される言葉に傷ついて、傷ついて、その痛みに慣れても、傷が増えなかったわけではありません。

「もしかしたら、望んだ結婚ではなかった分、ご両親は貴女を望んでいなかったかもしれません。でも……今を生きる貴女を望んでくれている人は、たくさんいる。そうでしょう？」

私は、はい、と辛うじて返事をしました。

アクラブの言う通り、もし、何かが違っていれば、誰も彼もが幸せだったかもしれません。

けれど、過去は変えられない。

悲しむ祖父母の前に立ち尽くす私に前を向くしかないと教えてくれたのは、クリスティーナでした。

悲しみを抱えて、それでも生きて行くのだと最愛の妻を喪ったガウェイン様も教えてくれました。

裏切りを恐れて、それでも信じて生きて行くのだとアルフォンス様が教えてくれました。

愛することで強くなれることをセドリックが教えてくれました。

寄り添う温もりがとびきり優しいことをエルサが教えてくれました。

愛される喜びの幸福をウィリアム様が教えてくれました。

古いウェディングドレスを着て、小さな旅行鞄を手に侯爵家にやって来て、ままならないことも、怖かったことも、辛かったこともたくさんありました。

それでも今の私は幸せです。

今の私が幸せだと決めたのは、私自身なのです。

そんな当たり前のことに気付いて涙を零す私に、アルマス先生は「これしかなくて」となんだか薬草の香りがするガーゼを差し出してくれました。

「あ、りがと、ござ、い、ます」

私は、ひっくひっくとしゃくり上げながらそれを受け取ったのでした。

「取り乱してしまって、すみません」

顔を洗ってリビングに戻った私はアルマス先生に頭を下げました。

「いえ、いいんですよ」

そう言って窓の外を見ていたアルマス先生は笑って肩を竦めました。

座りましょう、と言われて、私たちはソファに並んで腰かけます。

「アクラブは私たちが知り合いだと知っていたのでしょうか？」

「それは俺も気になっているんですが……偶然と言えば偶然のような気もしますし、なんとも言えないですね」

アルマス先生が眉を下げました。

「そういえば、先ほど、画家の女性も一緒だと……確か、レベッカさんでしたっけ。彼女はどこに？」

「レベッカさんは、アクラブに頼まれて絵を描いているんです。なんの絵かは分からないのと、どの部屋かも……この三日は集中しているようで帰ってきていません」

「だ、大丈夫なんですか、それは？」

「よくあることなので……絵に集中すると寝食を忘れてしまうんです。うちに来る前はそれでよく行き倒れていたみたいで、初めて会った時も行き倒れていたのですよ」

「なんて不健康なんだ……」

アルマス先生は呆れたように言いました。確かにお医者様からすると、レベッカさんの生活は褒められたものではないかもしれません。モーガン先生もよく渋いお顔をしていますが、これぱかりはどうしても直らないのです。

「ですが、集中しているということは絵の完成が近いのだと思います」

レベッカさんが寝食を忘れて絵に集中している時は、完成が近い時です。こういう時は声を掛けても何をしても絵しか見えていないので、メイドさんたちも見守るしかないといつも言っていました。ですので、ここでもきっとそうでしょう。

「……アルマス先生」

「はい」

「レベッカさんの絵が完成したら、逃げ出しませんか？　ここから」

「え」

驚きに固まるアルマス先生に先を続けます。

「私たち二人では無理だと思っていたのですが……それに、あの人、この部屋に鍵をかけて行かなくなったんです」

レベッカさんが帰ってこなくなった頃から、アクラブは食事を届けに来た時や私の顔を見に来た時、鍵をかけていかなくなりました。逃げる気力もなかったので確認しかしませんでしたが、ドアは呆気なく開きました。

「うーん……それは、難しい、ですかね」

腕を組んでアルマス先生がソファに深く腰かけました。

「俺もある程度の護身術は長い旅の過程で身に付けていますが……ウィルのように女性二人を守りながらなんていうのは、無理です。それに、俺を捕まえたあいつ。とんでもなく強いでしょう？」

「……ウィリアム様と剣を交えて、逃げおおせています」

私がおずおずと告げると、アルマス先生は遠い目になって「絶対無理ですね」と乾いた笑みを零しました。

「あいつの仲間がこの屋敷のどこかにいないとも限らないでしょう？　屋敷の内情を把握しきれず、土地勘のない俺たちでは圧倒的に不利です。ここは、ウィルの助けを待ちましょう」

「…………そうですね、すみません」

「ウィルが心配ですか？」

優しい声音に私は頷きました。

「まあ、無理はしているでしょうが、あいつは頑丈だから大丈夫です。……ここだけの話ですけど、戦場で出会った頃、どんな大怪我もすぐに治して働いてて。もしかしてあいつ、人間じゃないのかなって思ったほどで」

冗談めかして言うアルマス先生に、私はぱちぱちと瞬きを繰り返します。

「医者が人間かどうか疑いたくなる奴なんで、大丈夫ですよ。元気に無茶して、助けに来てくれます。あいつが怪我をしていても、俺がいれば治してやれますしね」

「ふふっ、そうですね。ありがとうございます、アルマス先生」

笑った私にアルマス先生が「お任せ下さい、奥様」と恭しく頭を下げました。

その時「ただいま帰りましたぁ～」と耳慣れた声がして、二人でドアのほうに顔を向けると、絵具で顔を汚し、どこかよれっとしたレベッカさんが部屋に入ってきました。

「あれ～、旦那様のお友だちのお医者様がいる」

私の隣のアルマス先生に気付いていて、レベッカさんがたれ目をぱちぱちさせています。

「どうも、レベッカ嬢。わけあって、俺も仲間入りだよ。……ところで随分とくたびれているが、大丈夫かい？」

アルマス先生の言葉にレベッカさんは「大丈夫です～」と言いながら、私のところにやって来ました。彼女は大事そうに赤い革表紙の本をその胸に抱えていました。

「絵を完成させたらお家に帰してくれるってあの人が言ってたんです～。だから、私、頑張っちゃいましたぁ。早く、奥様をお家に帰らせてあげたくて～」

「レベッカさん……そうだったのですね」

私はハンカチを取り出して彼女の顔を拭いますが、絵具は固まっていて取れません。

「なんとなーくですけどぉ、あの人はリリアーナ様を傷つけられないいんじゃないかなぁって思ってるんです～。なんとなーくですけどねぇ。だから、早くお家に帰れるように、明日、お願いしてみましょうねぇ」

「……はい。ありがとうございます」

帰ったらウィリアム様に、レベッカさんにありったけの画材を買ってくれるように頼まなければいけません。

「それと、これ、どーぞ」

レベッカさんが大事に抱えていた本を差し出しました。

赤い革表紙で草花をモチーフにした装飾が美しい本でした。

「なんですか、これは」

「あの人がぁ、絵が完成したら渡してほしいって、預けてきたんです。えっとぉ、確か……リリアーナ様のお母さんの日記だって言ってましたぁ～」

どうしてそんなものが、と呆然としながら私はそれを受け取りました。

「レベッカさん、どうしてあの人がこれ、レ、レベッカさん⁉」

ぐらりと揺れたかと思うと、レベッカさんが私の膝に倒れ込んで来ました。

「レベッカさん！　どうしたんですか、レベッカさん？」

私は日記を片腕に抱え、もう片方の手で彼女の背を揺らしますが、うんともすんとも言いません。

「失礼、レベッカ嬢、どうし……んー？　これは……」

「先生、レベッカさんは？」

すぐに傍らに膝をついたアルマス先生は眉を寄せた後、私に顔を向け、呆れたように笑いました。

「……寝てます」

「ま、まあ……ええ？　ほ、本当ですか？」

「熱もないですし、脈も正常……発汗、痙攣なども なく、幸せそうな顔で寝てます」

レベッカさんの額に触れ、手首を取り、顔を覗き込んだアルマス先生が再度、そう告げました。

私も膝の上のレベッカさんの顔を覗き込むと「めだまやきぃ」という寝言を零しながら、なんとも幸せそうな顔で眠っていました。

「目玉焼きが食べたかったのでしょうか」

私はほっとしながら、レベッカさんの癖のある髪を撫でました。

「それは分からないですけど、とりあえず寝室に寝かせて来ますね。それで……まあ、どこか悪いといけないので、傍にいます。お一人にしてしまいますが、大丈夫ですか？」

アルマス先生の視線が私の持つ日記帳に向けられました。

私は、彼が私を一人にして読む時間を与えようとしてくれているのに気付いて、大丈夫ですと頷きました。

「では、何かあったら呼んで下さい。ドアは開けておきますね。……レベッカ嬢、失礼するよ」

そう声を掛けるとレベッカさんをひょいと抱き上げて、アルマス先生は寝室のほうへと行きました。

窓の外の雨はやんだようですが、薄暗い雲がどんよりと空を覆っていました。

一人になったリビングで私は日記帳を膝の上に置きました。

年数が経っているのが表紙の革の風合いから見て取れます。本来なら鍵をかけられるようになっているようですが、鍵は壊されていました。

読まないという選択肢もあるでしょう。

ですが、私は母の心に、感情に触れてみたいと思いました。

もしかしたら私の心が苦しくなるようなことが書いてあるかもしれません。読まないほうが良かったと後悔だってするかもしれません。

それでも読まなかった後悔に勝るものはないでしょう。

深呼吸をして、重い革表紙を撫でてから、ゆっくりとその表紙を開いたのでした。

幕間 ― 悪党の献身

俺――アクラブが、カトリーヌと出会ったのは本当に偶然だった。

仲間との連携がうまく取れていなくて、あいつがいた部屋に俺は忍び込んでしまった。

悲鳴を上げられる前に気絶させようかと思ったが、カトリーヌは「小説みたい！」と何故か俺の存在を歓迎した。

天然で純粋で突飛で少し夢見がちなところもある女だった。

俺が生きている底辺世界じゃ、あっという間に食われて消えちまうだろう、そういう存在だった。

当時は大陸のそこら中で戦争が起きていて、俺の故郷も戦争によってなくなった。故郷も家族も友人も何もかも、戦争が奪っていった。

だから窃盗団の中で生きることにした。そうするしかまだ幼かった俺には生きる方法がなくて、気が付けばそこで大人になっていた。

カトリーヌのことを女神だって思ったのは嘘じゃない。

俺を見て「小説みたい」と喜ぶ馬鹿さ加減に呆れもした。だって俺は侵入者で、自分は殺されたっておかしくない状況で、なんの危機感もないんだ。

最初は、傷つけてやろうと思ってた。

この危機感の薄いお姫様を信用させるだけ信用させて、裏切って、現実世界の厳しさってやつを教えてやろうと思っていた。

だが、できなかった。

カトリーヌの笑顔があまりにも綺麗で、壊したくなかった。

カトリーヌは、夢見がちな女で、なのに誰より現実を見ている女だった。

言うことを聞かない自分の体のことも、貴族としての自分のことも、受け入れて、その上で叶いもしない夢を見ることのできる強い女だった。

狭い世界で生きる彼女は、俺のどうしようもない馬鹿話を喜んだ。ころころと笑うその声は、故郷で聞いていた波の音と同じくらい心地よかった。

俺は初めて、仲間にだって話したことのない故郷の話をカトリーヌにした。

海に面した小さな国。フォルティス皇国が発端となった戦争で地図の上から名前を消してしまった小さな、小さな国。父も母も姉も弟も友も何もかもを喪ったと告げた時、カトリーヌは俺のために泣いてくれた。

『戦争なんて、誰かが盗んで深い海の底に捨ててくれたらいいのに。そうすれば、貴方だって悲しまなくて済んだのに』と俺を想って泣いてくれた。

俺は少しだけ、本当に少しだけ彼女の肩を借りて、故郷を失って以降、零れたこともなかった涙を隠した。

俺は泥棒で、彼女は貴族で、一生交わるはずのなかった二人の人生がほんの少しだけ交差しているこの瞬間を、当時の俺は何よりも大事にしていた。

ささやかに交流を重ねていく中で、カトリーヌに想い人がいることを打ち明けられた。

誠実で優しい人、なんて、俺からはかけ離れた人物像は心優しく清廉な彼女には相応しい男だと思った。

でも、結婚できる相手ではないと彼女は悲しそうに言った。

身分が違うのだ、と。

それに彼女は優しい両親を心から愛していた。病弱な自分のためにこれでもかと愛情を注いでくれる両親を裏切ることはできない、と。

俺だってカトリーヌが健康な女だったら、相手の男を充分に調べ上げた上で彼女に相応しいのなら、駆け落ちの一つも提案したかもしれない。そのための手はずだって整えただろう。

だが、彼女の体はそれを受け止めきれない。

手厚い看護と充分な体制が整っている裕福な貴族の家庭だからこそ、彼女は生きながらえていたのだ。貧しい家庭だったら、あっという間に死んでいただろう。

『そいつのこと、本当に好きなのか。どれくらい好きなんだ？』

俺のなんだか間抜けな問いに彼女は笑って答えた。

『彼のためなら死んでもいいって思えるくらい』

『死ぬのはだめだろ。そいつが悲しいだろ』

『もう、物の例えよ。た・と・え……でも、そうね、その人と幸せな家庭を築きたいわ。お父様とお母様のような仲良し夫婦で、娘が欲しいわ。お揃いのドレスを着るのよ』

『お前に似たら、俺も可愛がってやる』

『あらあら、泥棒さんに甘やかされたら、わたくしみたいにわがままになっちゃうわ』

彼女はころころと笑っていた。

安い芝居みたいな話だが、俺はいつの間にか彼女を――カトリーヌを愛していた。

一人の女として尊敬し、この世で一番愛していたから、彼女の両親と同じく、ただ彼女が幸せであればいいと願っていた。

そんな日々の中で、唐突に彼女の結婚が決まった。

誰がどう考えても幸せになれない結婚で、俺はエイトン伯爵家を消し去ってやろうかと思ったのに、カトリーヌは嬉しそうに俺に白い結婚の話をしてくれた。

『三年、子どもができなかったら離縁する約束をしたの。だから、三年後、わたくしを盗みに来て、泥棒さん』

初めて会った時と同じ無垢な少女のような笑みを浮かべてカトリーヌは言った。

俺は頷いた。

泥棒家業の俺じゃ、幸せにできないけれど、彼女が恋する男ならきっと、彼女を幸せにしてくれる。

相手のことを調べたいからどんな奴か尋ねても、彼女は名前一つ教えてくれなかったが、彼女が幸せに生きられるための準備を三年の間に整えようと俺は決めたのだ。薬をいくらでも買えるような金を用意して、優秀な医者を見つけて、信頼できる侍女も用意して、カトリーヌとその好きな奴が暮らす快適な家だって必要だ。

体の弱い彼女が、一日でも一秒でも長く生きて幸せになれるように。

しかし、計画は呆気なく潰えた。

体の弱い彼女が子どもを産んだからだ。

産後の肥立ちが悪く彼女が臥せっているという事実を知った時、俺は、この王国よりずっと遠いところにいた。急いで駆け付けたが、彼女は既に温度を失っていた。

忍び込んだ夜の教会で棺の中に寝かされていた彼女は、氷のように冷たくて、それでも尚、美しかった。

ほんの僅かな時間、俺はカトリーヌと最後の時を過ごした。

そして、翌日、執り行われた葬儀で、墓地へと向かう葬送行列の中にまだ赤ん坊だったリリアーナを見つけた。おくるみにくるまれて、乳母に抱かれる赤ん坊の姿はほとんど見えなかった。

約束を破ったのかという怒りと、貴族としての義務を果たそうとしたのかもしれないという真面目だった彼女への想いと、無垢な赤ん坊への身勝手な怒りと憎しみがない交ぜになって、俺は、失意の果てにその場を後にした。

ただ、せめてカトリーヌの命と引き換えに生まれた、リリアーナが幸せであればいい、とも願った。

だが、その願いさえ神様は叶えてくれなかった。

数年後、俺は黒い蠍という組織の首領にまで上り詰めていた。皮肉なことにカトリーヌを喪い、人の心まで失った俺は犯罪組織の中でいかんなくその才能を発揮することができたのだ。

あの日、ただの若造だった俺が欲しかった、地位も人脈も財産も何もかもを手に入れた。

そこになかったのは、カトリーヌの存在だけだった。

だから、気まぐれに俺はリリアーナに会いに行った。

もう十歳くらいになっているだろう。幸せに生きているだろうか。カトリーヌに似ているといい。もし似ていたら、カトリーヌに約束したように、可愛がってやろうと。

しかし現実は、いつだって非情だった。

リリアーナは、父親と継母に虐げられ、薄暗い部屋に閉じ込められていた。

『カトリーヌを殺しておいて、なんでお前は不幸なんだ』

リリアーナにしてみれば、理不尽な八つ当たり以外の何物でもない感情を抱いた。

俺はどこかでライモスを信じていたのだ。

愛する人のために白い結婚を提案した男は、カトリーヌの忘れ形見を大切にしてくれるのではないか、と。

しかし、ライモスはリリアーナを虐げる道を選択した。

ならば俺も、カトリーヌを不幸にし、殺した奴らに復讐してやろうと、そう決めたのだ。

そこから俺は徹底的にエイトン伯爵家のことを調べ上げた。

老執事の企み、サンドラという悪女、無知なマーガレット、哀れなセドリック、そして、最も憎むべきライモス。

カトリーヌは望まないだろう。

それでも俺は、奴らを不幸のどん底に突き落としてやろうと、そう、決めたのだ。

歴史と由緒だけはありそうな屋敷の中を俺――アクラブは進んで行く。

伯爵として真面目に仕事をこなし続けているためか、監視の騎士がこの数年で減り、大分手薄になっていて、それに使用人も最低限しかいない。おかげで侵入も容易かった。

人気のない屋敷は薄暗く陰鬱としている。

王都にあるエイトン伯爵家も似たような空気が漂っていた。

カトリーヌの生きた場所を知りたくて潜り込んだエヴァレット子爵家とは正反対の嫌な場所だ。

「貴様、どこから」

「うっ、ぐ……」

辿り着いた部屋の前にいた警備の騎士たちが剣を抜く前に急所を一撃で突いて気絶させ、床に転がしておく。

ご丁寧にノックなどしてみるが、返事は待たずに中へと入る。

「よぉ、元気かい、伯爵様」

部屋の前で起きた小さな騒ぎに気付かなかったわけでもないだろうに、男――エイトン伯爵ライモスは、顔も上げなければ手も止めなかった。

カリカリとペンが文字を刻む音と、古い時計が時間を刻む音だけが部屋に響く。

「俺からの手紙は読んでくれたか？」

「………」

娘同様だんまりかと俺は唇を尖らせる。

「あのクソ老執事の死に顔は、悔しそうだったな」

「…………」

返事はなかったが、緑色の眼差しがこちらを見た。

「でも、あいつを生かしといたらさ、セドリックだっけ？　お前の息子。そいつが爵位を継いだ時にまた薬でも盛って不幸な子どもが生まれかねないじゃん？　だから膿は綺麗にしておこうと思ってさ」

「……それで、彼を殺したのか」

「サンドラもあの世で喜んでんじゃない？　自分を絶対に伯爵夫人として認めなかった男が無様に死んでさ。ま、サンドラを殺したのも俺だけど」

瞬間、緑の瞳が鋭く尖ってガタンと椅子の倒れる音がした。

つかつかとこちらに歩み寄ってきたライモスの手が俺の胸倉を掴み上げた。俺の顔を狙って振り上げられた右手を俺は片手で受け止める。

「……別に殴ってもいいけどよ、自業自得だと思わねえ？」

俺の胸倉を掴むライモスの左手には、いまだに結婚指輪がはめられていた。

「……俺の、カトリーヌを殺したのはお前なのにさ」

ライモスが息を呑んだ。緑色の目が極限まで見開かれる。

「……お前、が、カトリーヌの……」

俺はただ静かにその緑色の目を見つめ返した。

「そう、友だちだ。俺たちはさ、生きてる世界も身分も何もかも違うのに友だちだったんだよ。聞いてない？　泥棒さんって名前の男のこと。お前が約束した白い結婚が果たされた時、俺はあいつを盗みに行く予定だったんだぜ？　あいつを盗み出して、あいつの好きな男のところに届ける約束を、俺はしてたんだ」

へらへらと笑いながら問いかける。

ライモスは、何故だか腑に落ちないような顔をしていたが、何も言わなかった。

「なんで、サンドラに何も言わなかったんだ。薬を盛られて自分の意思で彼女を抱いたわけじゃないと、隠さずに言えばよかったのに。あいつは確かに悪女だったが、情のない女じゃなかった」

「分かったような口をきくな！　お前は殺したじゃないか、サンドラを！」

「だって、あいつはカトリーヌの忘れ形見を傷つけて、傷物にした」

俺は淡々と告げる。

「お前だって殺してやろうと思ったさ。だが……俺と同じ苦しみを味わわせてやろうって思ったんだよ。愛する人のいない世界で生きる絶望を味わわせてやろうって。……どうだ？　世界は味気ないだろう？」

「……くそがっ」

手が振り払われて、ぐっと胸倉を押されて突き飛ばされる。俺は後ろに二、三歩下がって軽くむせる。

ライモスの苛立ちがデスクの上の書類に向けられて、彼は「クソッ、クソッ」と悪態をつきながら書類を投げ、ぐしゃぐしゃにした。

ひらひらと舞い落ちるそれを目で追いかけながら、俺は口を開く。

「白い結婚を提案したのはお前だったんだろう？」

「………そうだ。カトリーヌにも私にも想い人がいた。子どもさえできなければ、それぞれ想い人と一緒になれる、そう思った。でも、あの老執事に一服盛られた私は、カトリーヌを……私の、私の意思じゃない……っ」

ライモスがぐしゃぐしゃと自分の髪を掻き乱しながら首を横に振る。

「んだが、事実は事実。現にリリアーナは生まれた。母親の命を吸い取るように生まれた」

「あの娘さえ、あの娘さえ、生まれなければ……っ」

ライモスが崩れ落ちる。ぶつぶつと何か言っている。

「リリアーナを守るくらいの気概を見せればよかったんだ」

俺は足元に落ちていた書類を拾い上げて告げる。それは、橋の補修作業にかかった費用の請求書だ。

「なあ、カトリーヌの好きな男って、まだ生きてんの？」

俺の問いをライモスは聞いていないようだった。ぶつぶつと何かを言い続けている。

「…………カトリーヌもサンドラも裏切って、それでいて、どちらも守れなかったお前は、リリアーナが怖いんだろう。彼女は、カトリーヌにそっくりだ。彼女の亡霊みたいだ。それが怖かったんだろ、死後もカトリーヌに責められているようで」

ライモスは譫言を言うのをやめてまた黙った。

こいつはこいつなりにカトリーヌを大事にしていたのだ。ただ、全てを受け止めきれるほどの器がなかった。

「まあ、それは俺も一緒だな。……俺だって、お前やサンドラからリリアーナを守ってやれるはずだったのに、何もしなかった。カトリーヌを殺したことを、俺だって許せてないんだ。……なのに、同じ顔してんのは意地悪だよな」

ふっと乾いた笑みが零れる。

英雄殿に約束した通り、子どもが生まれてから会いに来ようと思った。

だが、気付いたのだ。母親に似て体の弱いリリアーナが、果たして無事でいられるのかという事実に。

死ぬ前に、死んでしまうかもしれないという未来の前に、会わなければいけない理由が俺にはあった。この残酷な真実を伝えなければ、カトリーヌが浮かばれない。

にわかに階下が騒がしくなってきた。どうやらついにあいつが来たらしい。

どんな時も正義を振りかざし、真っ当に生きて、愛する女を正々堂々と守る、気に食わないあいつが。

「俺さ、久々に心から驚いたぜ、成長したリリアーナを見た時は、カトリーヌがよみがえったかと思った」

髪の色だけが違うのが本当に惜しい。

「……俺も亡霊だったら、一緒にいられたかな」

俺の呟きにライモスが顔を上げたと同時に、勢いよく執務室のドアが開け放たれた。

そこには肩で息をする英雄殿――ウィリアムがいた。

俺はすぐさまライモスを立たせてその喉にナイフを突きつける。

「やあ、英雄殿。ついにここに辿り着いたか？」

ウィリアムは俺を睨みつけながら腰の剣を抜く。鈍く輝く切っ先が迷うことなく俺に狙いを定める。

「リリアーナはどこだ」

ウィリアムの後ろから彼のお仲間が顔を出す。リリアーナの最愛の弟もメイドに庇われながら短剣を構えていた。

「ここにはいねぇよ。見りゃ分かんだろ」

俺はへらへら笑いながら肩を竦める。

じりじりとウィリアムが間合いを詰めて来ようとする。

「あいつは、あいつの母親が最期を過ごした場所にいる。んだが、そうだな」

俺は執務室に置かれた古時計に視線を向ける。

「うん、時間通りなら……あの家は今頃、炎の海の中だがな」

息を呑み、目を見開く彼らの姿に俺は、せせら笑いながら行動を仕掛ける。ライモスをウィリアムに向かって突き飛ばし、一瞬の隙をついてデスクの向こうへ。

「間に合うと良いな、英雄殿」

窓を開け放ち外へと飛び降りた。

外で待っていた仲間が用意して馬に跨り、俺はその場を後にした。

「エルサ、ど、どうしよう、姉様が……っ」

セドリックがエルサに縋る声に私——ウィリアムは、我を取り戻し倒れ込みそうになった義父の胸倉を掴み上げて立たせる。

「義父上、リリアーナはどこですか？　その屋敷へ今すぐ案内して下さい！」

開け放たれた窓から冷たい風が吹き込んでくる。

「……わ、かった。すぐ、案内、するから、はなせ」

苦しそうに呻くライモスから私は手を離す。

ライモスは少し咳込んだ。私はかまわずその腕を掴んで連れて行こうとしたが、それは阻まれる。

何を抵抗するのだと睨めば、ライモスは私の腕を振り払い、デスクの反対側へ回った。

「持って行くべきものがある」

そう言って古びた一通の手紙を懐に入れると私の横を通り過ぎ、エルサに抱き着くセドリックと警戒心むき出しのジュリアを一瞥してさっさと部屋を出て行った。

私たちは慌ててその後を追いかける。

忙しなく階段を駆け下りて外へ飛び出し、私は愛馬に、エルサたちは馬車に乗り込み、ライモスはフレデリックの馬に跨った。フレデリックはマリオと共に御者席に座る。

「ここからそう遠くない。行くぞ」

そう言ってライモスが手綱を操り駆け出し、私たちもその背に続く。

ぬかるんだ道を馬たちは懸命に駆け抜けて行く。

森に沿うように走り続けると、煙の臭いがだんだんと濃くなってきた。

私はどうか間に合ってくれ、と心の中で悲鳴を上げるように祈り続けたのだった。

第六章　炎の中に消えたもの

母の日記は、結婚式の翌日から書かれていました。

義両親はとても優しくしてくれる。ライモスも優しくて、穏やかな日々が続いていきそうだ、と始まりはそう書かれていました。

ただ私より体が弱かったという母の日記は、毎日書かれているわけではありませんでした。おそらく、体調が良い日に書いていたのでしょう。

『〇月×日　今日の天気　晴れのち曇り
ようやく熱が下がったみたい。

何をしていなくともすぐ熱を出すんだから、嫌になっちゃうわ。

ライモスが可愛い花束を贈ってくれたの。ピンクと白の可愛い花束。

今夜は彼とお喋りして眠れるかしら』

父と母は、母の調子が良い時は同じ寝室で眠り、その際、たくさん話をしていたようでした。

日記には白い結婚のことや、お互いに好きな人がいることは書かれていません。第三者が読む可能性があることを危惧していたのでしょうか。

『○月△日　今日の天気　曇りのち晴れ
久しぶりにお庭をお散歩。

午前中は曇っていたけれど、午後には太陽が顔を覗かせて、ライモスとお散歩をしたの。

彼ったら葉っぱの上にいた毛虫に驚いて尻餅をついていたのよ。

おかげでズボンが泥だらけでメイド長に怒られていたわ。

ライモスの弱点　毛虫』

『△月○日　今日の天気　雨
わたくしは雨の日って好き。
雨の日は詩集を読むと、どこまでも詩の世界に入っていける気がするの。
「解き放たれた魂は
　その喜びに風になり
　大海原を駆け巡る」
わたくしの好きな詩の一説よ。
いつか、海を見てみたいわ。もっと体が丈夫なら海を見られるかしら。
どこまでも広い海、見てみたいわ』

母の日常が文字の中にありました。

十代の少女らしい軽やかな文章は、私の知らなかった母の姿を教えてくれます。
私は夢中になって母の日々を辿りました。
ですが、ある日、日記は途絶え、次に書かれたのは三カ月後でした。
『×月□×日
妊娠したんですって、わたくし』
ただ一言、まるで他人事のようにそう書かれていました。
それからまた開いて、次は三カ月後の日付でした。
『□×月△日　天気　曇り
日に日にお腹が膨れてきたの。
まるで自分の体じゃないみたい。
怖いわ。お母様が傍にいてくれたらいいのに』
『□×月○○日　天気　晴れ
今日、動いたの。
お腹の中で、赤ちゃんが動いたの。
わたくし、怖がってばかりであんまりいいお母様じゃないのに。
この子、わたくしのお腹で育っているのね。
動いた時、すごく驚いて、でも、どうしてか……とても、可愛いって思えたの』

その日から、妊娠発覚後、途絶えがちだった日記が、またぽつぽつと書かれ始めました。
大きくなっていくお腹。出産という未知の体験に対する恐怖。お母様が傍にいてくれたら心強いのにという弱音。
羽根が降り積もるように愛情が少しずつ、少しずつお腹の子に抱けるようになったこと。
あれほど登場していた父の名は、一つも見当たらなくなっていました。
『〇月△△日
産まれた。
可愛い女の子』
私の誕生日に書かれた日記は、文字がよれよれでした。でもその、よれよれの文字に母が命を懸けて私を産んでくれたのだという事実が込められているように思えました。
『〇月×□日　天気　晴れ
名前は、リリアーナ。
わたくしが名付けたの。昔読んだ小説に出てきた可愛い妖精の女の子と同じ名前』
けれど、産後の肥立ちが悪かったという母の日記は、この日からずっと文字が頼りなく震え続けていました。
だんだんと日付が開いていく中、そこに書かれていたのは私の成長記録でした。
目は自分と同じ色だということ。ミルクを吐き戻してしまうこと。また熱を出したこと。

首が据わってきたこと。初めて笑ったこと。自分の手を不思議そうに見つめていたこと。

『リリアーナも体があまり強くないみたい。

そんなところまでわたくしに似なくてもいいのに……

貴女は元気に育つの。大丈夫、大丈夫よ』

ページの片隅に書かれた母の小さな後悔と願いを指で辿りました。

私の成長を母は病床で書き残してくれていました。

「……お母様」

そして、私はついに最後のページに辿り着きました。

日付は祖母に教えてもらった母の命日の二日前。

私は深呼吸をして、日付のその先の文字に目を向けました。

その時、バタバタと足音が寝室から聞こえてきました。私は驚いて反射的に日記を閉じ、そちらを振り返ります。

険しい表情を浮かべたアルマス先生が部屋を飛び出してきました。寝ていたはずのレベッカさんも目を白黒させながらやって来ます。

「煙の臭いがする」

言われて初めて私は微かに煙の臭いが部屋の中に充満していることに気が付きました。

日記を抱き締めたまま立ち上がります。レベッカさんが駆け寄って来て私にぴたりとくっつきます。

　アルマス先生が「下がっていて」と告げると、ドアを開けました。

　すると一気に煙が入り込んで来ました。アルマス先生は姿勢を低くするとそのまま廊下へ出て、すぐに戻ってきました。

「火事だ！　一階は既に火の海だ！」

「そ、そんなっ！」

　私たちは顔を青くします。

「レベッカ嬢、リリアーナ様、風呂に！」

　そう言われて私たちはアルマス先生に従います。

　アルマス先生はお風呂に溜めてあった水を頭から被り、レベッカさんにも同じことをするように言いました。私にはご自分の上着を濡らしたものを頭から被せてくれました。

「ハンカチを濡らして、口に当てるんだ。火事で一番怖いのは煙を吸ってしまうことだ」

「は、はい」

　私たちはハンカチを、アルマス先生はガーゼをお風呂の水で濡らして口元に当てます。

「三階から飛び降りるより、二階から飛び降りたほうが助かる確率は高くなるはずだ。行こう」

　私たちはアルマス先生の背を追うように部屋を出ます。

階段を駆け下りると、まだ二階までは火の手が届いていませんでしたが、下からはごうごうと炎が唸るような音が聞こえてきていました。

「こっちへ、早く!」

階段から一番遠い部屋へと私たちは飛び込もうとしましたが、鍵がかかっていてドアが開きません。次から次にドアを開けようとしますが、どの部屋も鍵がかけられています。

「くそ、どこか……!　開いた!」

ようやくドアが開き、そこへ逃げ込んで煙を絶つためにドアを閉めました。

そこはなんの因果か母の寝室でした。

「あっ!」

レベッカさんが声を上げます。

バルコニーのある窓の前にアクラブが立っていました。

その手に美しく微笑む母の肖像画を持って。

レベッカさんが描いていたのは、きっとあの母の絵だったのでしょう。レベッカさんは母に直接会ったことはありません。ですが、母の生き写しと言われる私を知っていて、私のおばあ様にも会ったことがあり、髪の色も分かります。

そして彼女の特筆すべき才能である、一度見たものを緻密で忠実なまでに再現できる画力。

そこにいる母はまるで生きているかのようで、美しい笑みを浮かべていました。

「おや、火事に気付いたのか」

「お前が火をつけたのか」

アルマス先生が私たちを背に庇いながら問いかけます。

「正確には、俺が指示した通りに仲間がやってくれた」

「なんでこんなことを……！」

「悪いことはし尽くした。だったら、死のうと思ってな」

――あいつが、最期を過ごしたここでさ。

そう言ってアクラブは、その顔に静かな笑みを浮かべました。

「ふざけるなっ！　お前の勝手な感傷にリリアーナ様やレベッカ嬢や俺を巻き込むな！」

アルマス先生の怒声にもアクラブは動じた様子もなく、肖像画の中の母の頬を愛おしむように撫でていました。

「じゃあ、リリアーナだけ残れよ」

絵を撫でながらアクラブが言い放ちます。

「なっ」

「だ、だめにきまってますぅ」

アルマス先生が怒りに言葉を詰まらせ、レベッカさんが首を横にぶんぶんと振りました。

「リリアーナ、お前が残れば、こいつらがここを通るのを見逃してやる。このバルコニーの下には池がある。助かる確率は他の部屋から飛び降りるより高いぜ」

顔を上げたアクラブは、私を見つめてそう告げました。

炎はどんどんと勢いを増していて、煙の臭いも酷くなっています。バンバンと何かが破裂する音やガタガタンと崩れる音も迫っていました。

私は日記を強く抱き締めて、私を庇うアルマス先生の背から出ます。

「リリアーナ様、いけない、それはだめだ！」

「違います。お話をするだけです」

私が犠牲になろうとしていると思ったのか顔を青くしたアルマス先生に私は微笑み、アクラブに近づいていきます。

「……以前、馬車に忍び込んできた貴方は、私にこう言いました。『やっぱり、君は女神様なのかな。リリアーナ』と……」

あれは二年前、子爵家から侯爵家に向かう馬車が襲撃された時のことでした。

「そんなこと、俺言ったっけ？」

へらへらと笑ってアクラブが首を傾げました。

「私は、カトリーヌではありません。リリアーナです。……だから貴方は、私を殺せない」

アクラブの顔から笑みが消えました。

「……どうして？」

「貴方は、分かっているから。私がお母様の代わりにならないことに。……お母様の願いに耳を塞ぐことが、できないから」

私は日記の最後のページを開きました。

そこには、細く、よろよろした文字で、それでも最後の力を振り絞って書かれた想いがありました。

『リリアーナ、わたくしの愛するむすめ。

どうか、どうか　しあわせになって』

母のその願いをこの人はきっと無視できない。私は、そう確信していました。

「母を奪った私を、貴方なら殺す機会なんていくらでもあったはずです。伯爵家にいた頃でも侯爵家に嫁いでからも。貴方にはそれができるだけの実力があります。でもそうしなかったのは、できなかったから」

アクラブは、なんの感情もない顔で私を見つめています。

「そうなのでしょう……泥棒さん。貴方は母を、愛していたのでしょう？」

私はただただ静かに微笑みました。肖像画の中の母と同じように。

「あいつと同じ顔で笑うなよ……っ」

彼の肖像画を持つ手に力がこもったのが見て取れました。唇を噛み締め、その双眸が一気に鋭く尖ります。

「お前が……お前さえ生まれなければ！　カトリーヌは死ななかった！　そうすればあんな家を出て、好きな奴と一緒になれた！　もしかしたら同じ運命だったとしても、好きな奴の子どもを産んで死ねたかもしれない！」

八つ当たりのように叫ぶ彼の激情は、これまでの飄々とした黒い蠍のアクラブではなく、母を愛した泥棒さんの姿なのでしょう。

「お前が」

「私は！」

彼の言葉を遮り私は、彼を見つめたまま言葉を続けます。

「私は生まれて良かったと、心から思っています。産んでくれたことを母に一生、感謝し続けます」

母の命を奪った私がそう告げるのは、彼にとって許せないことのようで、肖像画を持っていないほうの拳が振り上げられました。

「リリアーナ様！」

アルマス先生の叫びに私は、痛みを耐えるために歯を食いしばり目を閉じました。ぎゅうっと母の日記を抱き締めます。

ですが、痛みは訪れず代わりに「待て！」と叫ぶ声が聞こえました。

私たちは一斉に入り口を振り返ります。

そこにいたのは、ウィリアム様ではなく、びしょ濡れで額から血を流し、煤まみれの私の父――ライモス様でした。

彼を知らないアルマス先生とレベッカさんが突然の闖入者に驚いています。

「おや、間に合っちまったか」

アクラブが吐き捨てるように言いました。

お父様は私の元までやって来て、懐から一通の手紙を取り出してアクラブに突きつけました。

「交換条件だ。これをくれてやる代わりに、娘を返せ」

アクラブは差し出された手紙を一瞥し、お父様の様子を窺っていました。

私は二人の間でおろおろと視線をさまよわせます。

「……………リリアーナ。読み上げろ」

アクラブが顎でしゃくって私に指示を出します。

私は、手紙をそっと父の手から抜き取り、脇に日記を挟んで、中身を取り出して便せんを広げます。

そこには日記と同じ筆跡の母の文字が並んでいました。

その手紙は、私を産んだ後、病床の母が父に宛てたものでした。日記と同じく文字が少し歪んでいたのです。

「『ライモスへ』」

私は手紙を読み上げます。

「『私、もうそろそろ天使様のお迎えが来そうだわ。

だからね、私を悪者にして。

私とリリアーナの存在は、ライモスの最愛の人を傷つけるから。

私が貴方を誘惑して、勝手に子どもを身ごもったんだって、そう伝えて。

大丈夫よ、私はもうすぐ天使様のお迎えが来て、女神様のもとへ行くの。

それでね、翼を授けてもらうの。自由に飛べる翼よ。

もう社交界の面倒な噂話も悪口も私には届かないわ。歩きづらいヒールも重いドレスも全部脱ぎ捨てて、私はね、私の愛する人のもとへ行かなきゃいけないんだもの。

寂しがりやで、孤独で、愛しい私の泥棒さんのところに行ってあげなきゃね。

あの人、今はどこにいるのかしらね。

海が好きだから、きっと海の傍か、いっそ、海の上かしら。

海に面した国で生まれたって言っていたの。でも、戦争でなくなっちゃったんですって。

戦争って本当に嫌ね。

あの人だったら、戦争だって盗んでくれるかしら？　盗んだ後は、誰の手も届かない海の底に捨ててもらうの。

だから自由になったら、私、海へ行ってみるわね。きっと、あの人がいるから。

リリアーナのことは、私の両親に任せてほしい。あの子は、子爵家のほうが幸せになれるから。

幸せになれる場所は、それぞれ違うのよ』」

私はなんだか目の奥が熱くなって、震えてしまいそうになる声をこらえるために、一度、息を深く吐き出しました。

手紙を読んでいる間も何かの崩れる音が聞こえ、炎が勢いを増しているのが伝わってきます。

「『ありがとう、ライモス。

私にリリアーナを授けてくれて。あの子は私が生きられなかった未来を生きてくれる。

私の蝋燭の命の灯はもうすぐ消えてしまうけれど、リリアーナという蝋燭にその灯を分け与えることができた。その灯は、きっと、ずっとずっと先の未来へ続いていくのよ。

幸せになってね、ライモス。

カトリーヌより』……以上、です」

手紙を読み終えてアクラブに顔を向けると、彼は呆然と立ち尽くしていました。

まるで迷子の子どものような顔をしていました。

この人は、母には想い人がいると信じていました。生きる世界が違いすぎて、母が自分を想っていることには気付かなかったのかもしれません。

母は、愛する人に盗んでもらう日を、ずっと、ずっと夢見ていたのです。

「……泥棒さん、これを」

私は彼の手を取り、その手紙を握らせました。私は母の日記を胸に抱え直します。

彼は虚ろな目をその手紙に向けました。声を掛けようとして言葉が見つからず、私は口を噤みました。

「こっちだ。お前たちも早く来い」

ぐいっとお父様に腕を引かれて、私たちは立ち尽くす彼の脇をすり抜けてバルコニーへ飛び出します。

「リリアーナ！」

「ウィリアム様！」

庭に愛する夫の姿を見つけて、私は思わずその名を叫びました。

庭には、ウィリアム様、エルサ、フレデリックさん、ジュリア様の姿があり、大きな布を四人で広げていました。

「姉様！」

「セディ！」

ウィリアム様の傍にセドリックがいました。

「セディ、お願い、これを！」

私は抱えていた日記を弟に向かって落としました。セドリックは危なげなく受け止めてくれました。

「おい！　早く飛び降りろ！　崩れ落ちるぞ！」

ここからでは姿は見えませんが、マリオ様の緊迫した声が響きます。

「リリアーナ」

ぐいっと腕を引かれて、気付いた時にはお父様に抱きかかえられていました。

「しっかり首に掴まっていなさい。できる限り身を小さくするんだ」

「は、はい」

私は生まれて初めて父に抱き着きました。その首にぎゅうっとしがみついて言われた通りに体を小さくします。

「俺が押し上げます！」

アルマス先生の言葉に父が頷くのが分かりました。

父が私を抱えたまま欄干に立ちます。

「行くぞ！」

父がそう叫んだ瞬間、私はますます父に抱き着きました。

一瞬の浮遊感の後、ぼふんと布が弾む音がしました。上下に揺れる世界で私はただただお父様にしがみついていました。

「伯爵様はこちらに！」

「リリアーナ、こっちだ！」

ふわりと体が浮いたかと思えば、今度はウィリアム様の腕の中にいました。

フレデリックさんが父を助け起こして、私たちは布から降ります。

「アリアナ！」

「はい！」

アリアナがウィリアム様の代わりに布を持ち、フレデリックさんも戻ると、先にレベッカさんが飛び降りて、最後にアルマス先生が飛び降りて来ました。

ぼふん、ぼふんと布が弾みます。

「な、ア、アルマス⁉」

「やあ、ウィル、久しぶり」

布に寝ころんだままアルマス先生が手を挙げました。

「ひぃぃ、怖かったですぅ」

レベッカさんがアリアナに抱き着きます。

「撤退！　撤退だ！　崩れるぞ！」

その時、マリオ様がどこからか走ってきました。すさまじい轟音がして屋敷が崩れ始めたのを知ります。

「全員いるな⁉　では」

「アクラブがまだ中にいる！」

アルマス先生が叫びました。

「リリアーナ」

名前を呼ばれて私はバルコニーへ顔を向けました。皆の視線が一斉にバルコニーに向けられます。

アクラブは母の肖像画を手にそこに立っていました。

「……お前は二度、母親に生かされた。それを、忘れるなよ」

ついに炎は二階に到達したようで、彼の背後にも赤い光が見え始めました。

「砂漠で生きるのも飽きてきたんだ。俺は……あいつに会いに行く。もう二度とお前に会うことはねぇだろうけどよ」

隣の部屋の窓から炎が窓を食い破るかのようにして、燃え盛る姿を見せました。

「………リリアーナ。誰よりも、幸せに、なれよ」

そう言って、彼は穏やかに微笑みました。

「ど、泥棒さん！」

私の呼ぶ声に応えることなく、彼はくるりと踵を返し、長い黒髪を揺らして中へと戻って行ってしまいました。

バルコニーもあっという間に炎に覆い尽くされました。

「崩れるぞ！　早く逃げろ!!」

マリオ様が再度叫びます。

「……くそっ……。行くぞ！　門へ走れ!!」

ウィリアム様が叫び、駆け出します。

私はウィリアム様に抱えられ、腰が抜けたらしいレベッカさんはアリアナに担がれ、フレデリックさんが父を背負っていました。セドリックは力強い足取りで私たちの横を走っています。

再会の喜びを分かち合う間もなく、私たちは庭を走って走って、門を抜けます。

私は馬にまたがるウィリアム様の膝に乗せられ、駆け出します。私は先ほど父にしていたように、ウィリアム様にしがみついてなんとか揺れに耐えます。

だんだんと馬が速度を落とし、止まりました。

「リリアーナ、大丈夫かい？」

そう声を掛けられて、いつの間にか固く閉じていた目を開けて、顔を上げると心配そうに私を覗き込むウィリアム様の顔がありました。

「……はい、なんとか」

「良かった。……全員無事か⁉」

ウィリアム様が視線を向けた先に顔を向ければ、皆が続々と到着しました。最後に馬車が止まり、中からエルサとアリアナが降りて来ます。セドリックはジュリア様と一緒に馬に乗っていました。

「伯爵様とアルマス先生、レベッカは、馬車の中に」

馬に騎乗しているフレデリックさんが答えます。

「屋敷が……」

セドリックの呟きに彼の視線の先を追います。

ここは小高い丘になっているようで、眼下で伯爵家の別邸は真っ赤な炎に包まれていました。

「あ……雨」

アリアナが呟きました。

ぽつぽつと雨が降り始めたのです。

「これで火事も鎮まるだろう。取り急ぎ、町へ戻る。マリオ、ジュリア、ここに残って屋敷を頼む。すぐに応援が来る。雨さえ降れば、森林への延焼は防げるはずだ」

　ウィリアム様が指示を出す声がどこか遠く聞こえます。

　真っ黒な森を背に母が最期を過ごした別邸は、ごうごうと赤い炎に包まれていました。

「…………お母様」

　無意識に私は母を呼んでいました。

「リリアーナ？」

　ウィリアム様が私を呼んでいますが、応えようにも体はだんだんと傾いていきます。

「リリアーナ！」

「姉様！」

　ウィリアム様とセドリックの呼ぶ声を聴きながら、私はそこで意識を飛ばしてしまったのでした。

第七章　伝えたい灯

ゆっくり目を開けると、青い瞳と紫色の瞳がじっと私を覗き込んでいました。

「……うぃ、る……さま。……せでぃ」

喉がカラカラでうまく声が出ませんでした。

「リ、リリアーナ！」

「姉さまぁ！」

眉を下げて泣きそうな顔をする二人に私は、精一杯の微笑みを返しました。

「旦那様、セドリック様、退いて下さいませ！　先生、アルマス先生、こちらです！」

エルサの声がして二人の姿が視界から消えます。

見たことのない部屋にいるようですが、すぐにアルマス先生が私の顔を覗き込んできました。

「やあ、リリアーナ様。気分はどうですか？」

「き、ぶん」

頭がぼんやりして、アルマス先生にどう答えるべきか分かりません。これは私の経験上、残念なことに自信があるのですが、間違いなくまたも熱を出しているのでしょう。

大きな手が額と首筋に触れました。

「んー、まだ熱が高いな」

アルマス先生が手に持っているカルテにペンを走らせます。

「アルマス、リリアーナは、私の妻は……？」

「落ち着けって、ウィル。……はい、リリアーナ様、口を、あーんして下さい」

言われるがままに口を開けます。

「喉も扁桃腺も腫れてない。鼻水なんかの症状もないし、過労だね。三週間、敵地でずっと気を張っていたようだし」

アルマス先生の説明をウィリアム様とセドリックが真剣に聞いています。

するとエルサが傍に来て、私の額に濡らしたタオルを載せてくれました。冷たくて気持ちが良いです。

「エルサ、おみず、のみたい、です」

「はい、こちらに。アリアナ、アリアナ、支えて差し上げて」

アリアナもいたようで、彼女が私の体を支えてくれて、エルサが水の入ったグラスを私の口元に運んできてくれました。

ごくごくとグラスの中の水を半分ほど飲んで、唇を離すとすぐにエルサも手を引きます。アリアナがそっと寝かせてくれました。

「奥様、救出後に倒れられて、三日も眠っておられたのですよ」

エルサの手が優しく私の頬に触れました。

「……まあ、三日も」

水を飲んだおかげで少し喋りやすくなりましたし、頭もはっきりしてきました。

「レベッカさんは……」

「レベッカは元気です！　さっきもお昼ご飯を三人前は食べていました！　私も食べました！」

アリアナが元気いっぱいに教えてくれます。私は、良かった、と胸を撫で下ろしました。

「姉様……」

セドリックが泣きそうな顔で私の傍にやって来ます。

私はなんとか手を伸ばして、その頬を撫でました。

「大丈夫ですよ。……セディは怪我はしませんでしたか？」

「うん。僕は大丈夫……姉様から預かった本は、そこに置いてあるよ」

セドリックが私の向こうを指差したので顔を向けると、枕元に母の日記が置かれていました。

「ありがとう、セディ」

ううん、とセドリックは首を横に振ると私の手をぎゅっと握り締めました。

あまり大きさも変わらなくなってきたその手を私もぎゅっと握り返します。

「リリアーナ」

私たちの手を大きな手が包み込みます。

「君が無事で、本当に良かった……」

ウィリアム様がセドリックの隣に戻って来ました。

「……はい」

痩せたのが分かるその顔に、心配をかけてしまったことを申し訳なく思いました。

「ウィリアム様、あの子は……あの、女の子は、無事ですか？」

「ああ。君に感謝していたよ。母親も無事だったから、安心すると良い。もちろんタラッタ姫も無事だ。我が家でグラシア妃殿下と共に母上を支えてくれている。母上たちにも、伝令が昨日の夜遅くか今日の朝には君の無事を報せてくれているはずだ」

「……良かった、です」

私はほっと胸を撫で下ろしました。

「もう何も心配することはないから、今は、ゆっくり休んでくれ」

「はい」

「待って待って、リリアーナ様、眠る前にお薬を飲みましょう」

アルマス先生がひょっこりと二人の間から顔を出しました。

ウィリアム様の手は離れていきましたが、私はセドリックの手を握ったまま、体はろくに動かないのでエルサとアリアナに薬を飲ませてもらいました。粉薬は苦いですが、この苦さにもいつの間にか慣れていました。

「今飲んだお薬は、熱を下げ、体の疲労を回復してくれる二つの効果があります。でも、今、一番必要なのはウィルの言う通り、ゆっくり休むことですから、よーく休んで下さい。もし、何か食べられそうだったり、飲めそうだったりしたら、言って下さい」

「はい、ありがとうございます」

アルマス先生はにっこり笑って下がりました。再びウィリアム様が戻って来ます。

「……ウィリアム様、セディ、私がまた眠るまで、傍に、いて下さい」

「うん。寝た後も傍にいるよ」

「ああ、セディの言う通りだ」

優しく微笑む二人と私の世話を焼くエルサとアリアナに、私は、本当に彼らのもとに帰って来られたのだとようやく実感しました。

私はとりとめのないことをぽつりぽつりと話して、セドリックやウィリアム様も私がいない間のことを話してくれました。

その間、ずっと二人は私の手を握り締めていて下さいました。

お話をしている内にだんだんと私の瞼は重くなり、ウィリアム様の「おやすみ、リリアーナ」という優しい声に誘われて、再び夢の世界に飛び立ったのでした。

雪がしんしんと降っています。まだ本格的というわけではなく、みぞれ混じりの雪が窓の外で重そうに空から落ちてきていました。

私はベッドの中で体を起こしてクッションに身を預け、外を見て呟きます。

「雪が、降り始めてしまいましたね」

「姉様、寒くない?」

ベッドに腰かけたセドリックが心配そうに尋ねてくるのに笑みを返します。

「ええ、大丈夫です」

早いもので私たちが救出されて、二週間が過ぎました。

三日間眠り続けた後、目覚めた私は、その後五日くらいは夢と現を行ったり来たりしていました。ですがたくさん眠ったおかげで体調が回復し、熱も下がってこうしてベッドの上でですが、座る許可も下りました。

ちなみにここはエイトン伯爵領の一番大きな町、ピサロのホテルの部屋です。

王都までは馬車で三日もかかるため、しばらくこちらで療養することになりました。

ウィリアム様は伯爵家と燃えてしまった別邸の件で忙しくしておられるようで、再会してからまだお話をする時間もありません。

「姉様がもう少し良くなったら、王都に帰るって言ってたよ。雪が本格的に降り出す前に戻ろうって」

「そうですか。なら早く元気にならないといけませんね」

私は弟の言葉に頷きます。

部屋の中には私とセドリックしかいませんでした。私に張り付いて離れなかったエルサとアリアナに休むようにお願いすると、代わりにセドリックがやって来たのです。

「セディ」

私が呼ぶと窓の外を見ていたセドリックが私に顔を向け、首を傾げました。

「……何があったか、聞きたいですか？」

「姉様が話してもいいって思っているなら」

その返事に私は一つ頷いて、枕元に置いてあった日記帳を手に取り、膝に載せました。

「これは私の母が遺した日記です」

「姉様のお母様……カトリーヌ様の？」

「はい。……これから話すことは貴方には辛いことかもしれません」

私はそう前置きして、ゆっくりと口を開きました。

私は、父と母の約束、私が生まれたわけも包み隠さず弟に話して聞かせました。

セドリックは、じっと私を見つめながら、黙って私の話に耳を傾けていました。

「……私が生まれたことで、父とサンドラ様の関係は、根っこの部分で壊れてしまっていたのかもしれません。その結果、エイトン伯爵家は壊れていった。……あの老執事さんの想いが間違ったほうに作用してしまったのです」

父に薬を盛った老執事。

何を考えているのかさっぱりと分からず、私は彼が苦手でした。

ですが彼は伯爵家を想うあまり、してはならないことをしたのです。

「司法に裁かれる罪ではないかもしれませんが、彼にはきちんと罪を償ってもらう必要があるでしょう」

「……あのね、姉様。あの人、夏に亡くなったんだ」

思いがけない言葉に息を呑みます。

セドリックは、戸惑いをその顔に浮かべていました。

「夏風邪を引いてしまって、歳だったからこじらせて、そのまま。……この間、義兄様が教えてくれたんだ。僕の家のことだからって。だから……あの人はもう罪を償えない」

「そう、ですか」

「うん。……でもね、姉様。大丈夫だよ。僕が伯爵家のことは立て直して、綺麗にしていくから」

セドリックはぽんと小さな胸を叩きました。

「僕のお父様とお母様がしでかしたことだもの。僕がきちんと始末をつけるよ」

本当に立派になりました。

私の後をついて回って、怖い夢を見たと泣いていたのが遠い昔のように思えます。

「貴方も来年には、学院に入学するんだものね」

「うん。友だちをたくさん作ろうってヒューゴと約束してるんだ」

弟の屈託のない笑顔は、私の宝物の一つです。

「……何か手伝えることがあったら、言って下さいね」

「うん！」

頷いたセドリックの頭を優しく撫でます。

嬉しそうにしていたセドリックですが、急に悩むような顔をした後、ためらいがちに口を開きました。

「……あのね、姉様」

私は手を膝の上に戻し、目で先を促します。

「あの日、燃えている屋敷に、義兄様が突っ込んでいこうとしたんだ。だけど、それをお父様が止めたんだ」

「お父様が？」

私は困惑に首を傾げます。

「うん。お父様が『この家のことは、当主である私が一番分かっている。あいつが、どこにいるのかも』って。そう言って僕らにあの窓の下で待つように告げたんだ。そうしたら本当に姉様たちが出てきた」

「そうだったのですね」

私はあの時の父を思い浮かべます。額を何かで切ったのか血まみれで、煤まみれでした。火の海だった一階を駆け抜けて来てくれたのでしょう。

「……お父様は姉様を助けてくれた。でも、僕は……お父様がこれまでしてきたことを許さないと決めているんだ」

セドリックは真っ直ぐに自分の想いを告げます。

「僕や姉様、お母様に、マーガレットお姉様に……カトリーヌ様も。お父様の行動一つで、僕らの人生は何か違ったものだってあったかもしれないんだ。だから、僕は一生、許す気はないよ。それにきっと……お父様はそれを望んでいるんだ」

そこで言葉を切って、セドリックはほんの一瞬、寂しそうに目を伏せました。

「だって人は、赦すと忘れてしまうから」

ぽつりとセドリックは呟きました。

「あの日、姉様が気を失って安全なところに移動した後、お父様が僕に言ったんだ。『もう二度と会うことはない』って……僕がそれでも姉様を助けてくれてありがとうって言おうとしたんだけど、お父様は『借金を増やされたら困るんだ』って言って行っちゃった。今も仕事を淡々とこなしているって」

お父様らしいと苦笑を零します。

「それは領民への贖罪だ。僕らへのものなんかじゃない。お父様は、僕らを愛することはできないし、憎むことをやめることもできない。でも、それが、お母様のためにも、カトリーヌ様のためにも……お父様が自分で決めた自分への罰なんだと思う」

「セディ」

私は「いらっしゃい」と日記を傍らに置いて、腕を広げました。セドリックが靴を脱いでベッドに上がり私の腕の中に納まります。

この数年でとても大きくなった弟をぎゅうっと抱き締めます。

「僕は姉様がいてくれて良かったって、ずっとずっと思ってるよ。あの家の中で、僕にとって姉様だけが家族で、姉様だけが僕を愛してくれた。カトリーヌ様が分けてくれた灯を姉様は僕にも分けてくれた。だから、僕は、今――幸せなんだ」

セドリックの言葉が温かい紅茶のように私の胸にじんわりと広がっていきました。

「私も生まれて良かった。だって貴方のお姉様になれたんですもの。それだけでもとびきり幸せよ、私の可愛いセディ」

微笑んだ私にセドリックは嬉しそうに笑って、ますます強く抱き着いてきました。

ですから私も負けじと愛しい弟を強く、強く、抱き締めたのでした。

みぞれが降る森の傍、焼け落ちた屋敷は柱だけが天を仰いでいる。

二週間経っても焦げ臭さは消えず、人員も橋の修補に回していて、こちらには最低限しか動員していないため、片付けも思うように進んではいなかった。

私――ウィリアムは、誰もいない焼け跡で一人立ち尽くしていた。

この焼け跡から、今のところ遺体は発見されていなかった。

リリアーナが倒れた後、ここに残ってくれたマリオとジュリアの話では、かなり炎が激しかったらしい。この焼け跡を見れば、もしかすると何もかも――骨さえも――焼けてしまって残らなかった可能性もある。

「ウィル！」

振り返るとマリオがこちらに駆け寄ってきた。

だが、その隣には何故かアルフォンスと護衛のカドックがいた。

「アル？　なんでここに？」

「リリィちゃんの顔を見に来たんだよ。グラシアにも母上にも妹にも確認して来いって言われてさ。知らない内にガウェインもついて来たからホテルに置いてきたよ。ここは、まあ、ついで」

　そう言ってアルフォンスは私のもとにやって来て「よく焼けたねぇ」と残った柱を見上げた。

『先にホテルに寄らせていただいて、お見舞いを。思っていたよりお元気そうで安心しました。公爵様もお顔を見て安心なさったようです』

　カドックがそう言って小さく笑みを零した。

「そうか、ありがとう。熱が下がって、大分、調子が良くなっているみたいなんだ。新しい薬も彼女に合っているようでな」

「それだよ、それ。なんで、アルマスがいるの？　流石の僕も驚いたんだけど」

　アルフォンスが私を振り返る。

「俺たちだって驚いたよ。リリアーナ様たちと一緒に上から降りてくるんだもん」

　マリオがけらけらと笑う。

「お前の結婚パレードを見ようと思って、雪がとけてすぐ向こうを出たそうだが……薬草採取に明け暮れた結果、秋になってしまい、慌ててピサロの町に入ったらしい。それで宿を取って滞在二日目にして誘拐されたわけだ。本人が言うには、前日、宿の酒場で酔っぱらって倒れた奴を治療したから、それをアクラブか仲間に見られていて、医者を必要とするあいつに捕まったんじゃないかって言ってたぞ。アルマスとリリアーナに面識があるのをあいつが知っていたかまでは分からないそうだ」

「アルマスも間が悪い……いや、むしろ報告書の状況からしてみれば、あいつがいてくれて良かったのかな。火事なんてリリィちゃんと画家のお嬢さんじゃどうにもならないもんね。アルマスはくぐった修羅場の数が違うからさ」

「ああ。本当にその通りだ。風呂に溜めてあった水を被って、リリアーナには濡らした自分の上着を被せて、同じく濡らしたハンカチで口元を覆って避難のために動いてくれたそうだ。彼がいなかったらリリアーナもレベッカも、煙を吸ってしまって、逃げることもままならなかったかもしれない」

　火事の正しい対処法を知っていたアルマスがいたからこそ、リリアーナたちは無事だったのだ。

「それに母の具合が悪くて、モーガンを向こうに置いてきてしまったから、リリアーナの傍にいてくれるだけでもありがたい。アルマスがお前の結婚パレードをすっぽかして集めた薬草で作ってくれた薬が、リリアーナには合っているようだしな」

「すっぽかされた甲斐があるってもんだよ」

私の冗談にアルフォンスが可笑しそうに笑った。

アルマスは、一週間分の宿代を先払いして宿を取っていて、宿に残っていた彼の鞄や荷物は無事だったのだ。

その荷物の中にあった彼が集めた薬草で作った薬が、リリアーナと相性がいいようで、本人も驚くほど調子が良くなっていると喜んでいた。

「それで、マリオ。何か分かったか？」

「それがさっぱりだ……」

苛立ち半分、諦め半分という様子でマリオはため息を零した。

彼にはアクラブが我が国にいつ入国したのか、もしくは、出て行ってはいないか、どこかに潜伏していないか、を調べ続けてもらっている。

「いつ入国したのかもさっぱりだ。そもそも各国競い合って、あいつの動向を調べているのに一向に足取りが摑めなかったんだ」

「……あいつが本当に首領なのかどうかは分からんが、今回の件、公表はしないほうがいいだろうな」

私はかがみ込んで足元に落ちていた焼けた木片を手袋をはめた手で拾い上げる。

「そう、だね。国の王が斃れたようなものだからね。組織内で混乱が起これば、どうこちらに影響するか分からない。組織が大きい分、余計にね」

　アルフォンスの声に剣呑さが交じる。

「今回の件は、副師団長として報告書は受け取っておくよ。王太子の僕に提出する報告書からは、アクラブの名前は削っていいよ」

　いつもの飄々とした笑みを浮かべてアルフォンスが言った。

「……毎回、毎回、すまない」

「僕はね、リリアーナ・ルーサーフォードという女性を、心から尊敬しているんだよ」

　思いがけない言葉に私は目を瞠る。

「彼女は、強くしなやかで、清廉で真っ直ぐだ。あんなに臆病で、何もかもを諦めたように生きていたのに……今の彼女は、穏やかに微笑んだまま陰ながらこの国の平和を支えてくれている。君という英雄が英雄でいられるのは、彼女のおかげだ」

　空色の瞳がみぞれの降る空を見上げる。

「小さな女の子の命は、きっと、私だったら守れなかった。恨まれても憎まれても犠牲にしてでも私は、王太子としてあの男を捕らえるように命じただろう」

　王太子の顔でアルフォンスが淡々と告げる。

「だが、結果として、リリアーナ夫人は全てを、あの子も、君も、君の名誉も、この国も全てを守ってくれた。弱く細い体で、彼女はこの国を、私の愛しい民を護ってくれた」

　振り返ったアルフォンスが、いや、我が国の王太子が穏やかに笑う。

「私は……アルマスが真実を知ったあの日、君が『子どもを犠牲にしない』と約束する横で、アルマスに『忘れない』としか約束できなかった。私にできなかったその約束を、リリアーナ夫人は果たしてくれた。……クレアシオン王国の王太子として、感謝している」

「……臣下として、彼女の夫として、心より光栄に思います、殿下」

　礼をとった私にアルフォンスは鷹揚に頷いて、そして、にぱっといつもの顔で笑った。

「それにリリィちゃんなしでは、僕ら夫婦はどうにもならないからね！　これからも元気でいてもらわないと！」

「………お前、まさかまた喧嘩したのか」

　思わずジト目になった私にアルフォンスは、へたくそな口笛を吹きながらそっぽを向いた。語るに落ちている。

「今度は何したんだよ」

　マリオが呆れたように言った。

「や、やだなー、何もしてないよ！」

『グラシア妃殿下が、シャーロット夫人につきっきりなのが寂しかったようで、侯爵家に僕も泊まると駄々をこねにこねて、怒られたんです。それでそんなに暇なら、リリアーナ様のお見舞いに行って来いとグラシア妃殿下に王都を追い出されました』

カドックが告げ口をする。だが、彼は声が出ないので彼の前に立っていて口元が見えないアルフォンスは「何もないよ」とまだ言っている。

彼の口元が見えた私とマリオは、深々とため息を零した。

もういっそ、潔くグラシア妃殿下の尻に敷かれていてほしい。無駄な抵抗などせず、大人しく尻に敷かれていてほしい。

「あ、そうだ！　エイトン伯爵は？　リリィちゃんのお父様はどうなってんの？」

あからさまに話題を逸らしたアルフォンスに、私は何を言うのも面倒くさくなって乗っかる。

「義父上は、今もピサロにある屋敷で仕事中だ」

「今になって仕事熱心だねぇ」

冷ややかな言葉に私は「ああ」と頷いた。

義父は、サンドラと離縁して以降、大人しく仕事をしている。サンドラが殺されたと報告した時の一週間と、彼女の遺骨を返還した日からの一週間。計二週間だけ休んだが、それ以外は規則正しく執務室にこもっている。借金の返済も領地に戻って以降、一度も遅れたことはない。

「今回、リリィちゃんを助けたのは、伯爵なんでしょう？」

「……ああ。義父上が、私が炎に飛び込もうとするのを止めて、自分のほうがこの屋敷のことを把握しているから、と。それでリリアーナを抱えて飛び降りてきた」

「彼は娘たちと和解はできそう？」

私は静かに首を横に振った。

「本人はもう二度と子どもたちに会う気はないと言っている。それにリリアーナとはまだ話をしていないので分からないが、セドリックは父親のしたことを許す気はないと言っていた。あの子は賢い子だから、その許さないという選択も感情論ではないだろう」

「……そっか」

アルフォンスは、ただ頷くだけにとどめてくれた。

「……ところで、報告書にはないけどさ……なんでアクラブは、リリィちゃんにこんなに固執していたのか、分かったの？」

「……それは、リリアーナの話を聞いてからでもいいか？　断片的なことは知っているんだが、私も詳しいことまでは知らないんだ。義父上は、この件に関しては絶対に何も言わないし」

「いいよ。でも、リリィちゃんの体調を優先してね。そうしないとグラシアに怒られるから。グラシアは僕よりリリィちゃんが好きなんだ……」

勝手に落ち込み始めたアルフォンスに苦笑を零す。

だが、正直仕方ないと私は心の中で思った。彼がグラシア妃殿下ときちんと話し合いのできる男になったら変わると思う。多分。

「さ、そろそろ帰ろう。君も一日くらい休みなよ。リリィちゃんが誘拐されて以降、休んでないんだから。明日くらい僕とマリオでなんとかしとくからさ」

「は⁉　またそういうの勝手に決めっ」

カドックが流れるように騒(さわ)ぎ出したマリオの口を塞(ふさ)いで、強引(ごういん)に頷かせた。

「ありがとう、やはり持つべきものは、優しい友だ！」

私はわざとらしいくらいの感動を込めて、感謝の気持ちを口にしたのだった。

「明日、休みになったんだ」

そう言って、ウィリアム様が帰って来たのは私がセドリックに全てを話した二日後の夜。

夕食も湯あみも終えて、私がベッドに入って間もなくでした。

「まあ、そうなのですか？」

「アルフォンスが気を遣(つか)ってくれたんだ」

「そうですか。アルフ様、今日、カドック様と一緒にお見舞いにいらして、可愛らしいお菓子(かし)の詰(つ)め合わせを下さったんですよ」

私はベッドの枕元を振り返ります。そこには花の形をした棒付きのキャンディでできた花籠が飾ってあります。

その隣には本物のお花が飾ってあります。こちらは私がお父様と慕うガウェイン様が下さったものです。

「それにお父様も、先ほどまでずっと一緒にいて下さったんです」

「そうか。ガウェイン殿も本当に心配していたから、良かったよ」

ウィリアム様が優しい笑みを零します。

「お疲れ様です、ウィリアム様。眠る前に何か飲まれますか？」

「ありがとう。だが、大丈夫だよ」

そう言ってウィリアム様がベッドに腰かけました。私もその隣に移動します。

こうしてゆっくりした夜を過ごすのは本当に久しぶりです。

「明日の休みで仕度をして、明後日には王都に向けて出発しよう。アルマスも大丈夫だと言っていたし、一緒に王都に来てくれるそうだから、安心だ」

「はい。……アルマス先生が私たちと一緒にいた理由はお聞きになりましたか？」

こうして事件の話をするのは、救出されて以降初めてです。

「薬草を追いかけて結婚式を逃がすなんて、あいつらしいよ」

そう言って苦笑を零すウィリアム様に、私はふふっと笑ってしまいました。

「ですが、アルマス先生がいて下さらなかったら、私とレベッカさんでは火事に気付いても、どうすることもできなかったと思います」

あの時、アルマス先生が真っ先に火事に気付いて、私たちを連れて逃げてくれたからこそ、ウィリアム様たちと再会できたのです。

「本当に彼には感謝しているよ。義父上の怪我も診てくれてな。特に問題はないそうだ」

「良かった……」

私は怪我をしていた父の姿を思い出し、ほっと息をつきました。

「………焼け跡からは、遺体は見つからなかったよ」

ウィリアム様がぽつりと告げました。

「……そう、ですか」

「逃げたのか、骨も残さず焼けたのかは分からない」

私は枕元に置いてあった日記に視線を向けました。

「それは……カトリーヌ様の？」

「中をご覧になったのですか？」

ウィリアム様は私の問いに首を横に振りました。

「実は、以前アクラブと対峙した時にそれを持っていたんだ。カトリーヌ様の日記だとあいつが言っていた」

「どこでこれをあの人が手に入れたのでしょう……」

「あいつは、サンドラの部屋から盗んだと、確か言っていた」

「サンドラ様の？」

想像していなかった場所に私は驚きを隠せませんでした。

どうしてサンドラ様が母の日記を持っていたのでしょうか。

彼女はこの日記を読んだのでしょうか。

どれほど訊きたくても彼女はもうこの世にいません。

「中身について、訊いても？」

ウィリアム様が私の顔を窺うように尋ねてきます。私は頷いて、日記を手に取り膝の上で広げました。

ここでの療養中、何度も何度も私はこの日記を読み返しました。

「……私の中のお母様は、病弱で、望まない結婚をして、私を産んで亡くなってしまった儚い人でした。でも、本当のお母様は、私よりずっと強くて、優しくて、臆病で……私と変わらない一人の人間でした」

ウィリアム様は何も言わず私の話を聞いてくれています。

「父と母は、白い結婚の約束をしたんだそうです」

「白い、結婚？　つまり子どもを作らない……ん？　でも君がいる……むしろ、子どもができたら出て行っていいという約束ではなかったのかい？」

「いいえ、母は体が弱かったので子どもを作らないでいれば、それを理由に離縁できると考えていたようです。……ただ、あの老執事さんが父に薬を飲ませ、母と無理やり関係を持たせたんだそうです。そして……その一夜の過ちで、私が」

　ウィリアム様が息を呑む音が聞こえました。

「……日記には、母の葛藤が描かれていました。望んだ妊娠ではなかった分、戸惑いも大きかったようで……母には他に想う方がいましたから」

「あちらで君の行方を探っている時、その話になったんだ。君のおばあ様が、娘は他に想う方がいたのではないか、と」

「おばあ様が？」

　今度は私が驚く番でした。

「ああ。母親の勘なのかもしれないが、そう言っていた。おじい様は気付いていなかったようだが……アクラブがやけに君に固執する本当の理由は、カトリーヌ様じゃないのかという結論に至ったんだ。私たちはあいつの過去を何も知らない。だから私たちが知らないその過去で、カトリーヌ様に縁があったのかもしれない、と」

「なるほどです。それで伯爵領に辿り着いたのですね」

「お二人から娘は伯爵領の別邸で亡くなったと聞いて……もし私がアクラブの立場だった

ら、愛した人が見ただろう最期の景色を見たいと思ったんだ」

そう告げるウィリアム様の声は、少し寂しそうでした。

「想い合っていたんだな、お二人は」

「……いいえ。母が生きている間、あの人は母には他に好きな人がいると思い込んでいたようです」

ウィリアム様が「何故」と零しました。

「あの人と母は生きる世界が違いすぎて、あの人は母を女神様と呼んでいたでしょう？無意識の内に自分という選択肢を排除していたのかもしれません。彼が、母の想う方を知ったのは、あの炎の中です」

「……もしかして、ライモス殿が持ち出した手紙に関係が？」

ウィリアム様の問いに頷きました。

「母は……あの人のことを、泥棒さんと呼んでいました。なんでもまだ下っ端だった時代に、夜会の隙を狙って盗みに入った屋敷で母に出会ったそうです。二人は友情を築いて、いつしかそれは恋情に。でも、母も、あの人も……お互いに想いは一度も告げなかった。お互いを想うが故のことだったと思います」

「それで君はあの時、あいつを泥棒さんと呼んでいたのか」

「……はい。母は白い結婚の約束を泥棒さんに伝えていて、三年後、離縁が決まったら盗みに来るようにお願いしていたそうです」

「盗みに……カトリーヌ様自身を？」

「そうです。想う方のところに連れて行って、と。おそらく母は貴族女性として、子どもが産めないという理由を手にすることで、貴族の義務から抜け出そうと思ったのでしょう。そうすれば、泥棒さんに手を伸ばしてもいいんじゃないか、って。何かが違えば、もしかするとあの人が私のお父様だった可能性もありますね」

私の言葉にウィリアム様があからさまに顔をしかめました。その分かりやすい態度に私はつい、くすくすと笑ってしまいました。

今回の事件を通して、私は真実を知りました。それらは決して、美しいものではなかったけれど、知ることができて良かったと今は心からそう思えます。

「ずっと……ずっと、お前なんかいなければ、とか、意味のない存在だって、そう言われて育って。ウィリアム様と結婚しても最初は同じで……ですが、皆の力を借りて私たちは夫婦になって、いろんな人に出会って、いろんな経験をして、今の私は……心から、生まれて良かったって、そう思うんです」

顔を上げるとなんだか泣きそうな顔のウィリアム様と目が合いました。大きな手が伸びてきて私の頬を撫でます。

「君が生まれてきてくれて良かった。私は何度だってそう伝えるよ。カトリーヌ様にだっ

て、何度も何度も君を産んでくれてありがとうございますと伝えるよ」

その言葉が嬉しくて私は自然と笑みを零し、頬を撫でる大きな手に自分の手を重ねました。

「私もお義母様に何度も、ウィリアム様を産んで下さってありがとうございますって伝えたいです」

王都に帰ったら、きっと誰よりも強く抱き締めてくれる優しいお義母様。絶対にこの感謝の気持ちを伝えたいです。

「……私のお母様は、あの人の言う通り、二度、私を生かしてくれました。……お母様が私に分け与えてくれた灯を私は、貴方と共に未来へと渡していきたいんです」

「灯を？」

「命の灯を」

私は穏やかに微笑みます。

「母の手紙にはそう書いてありました」

私はあの日、読み上げた手紙をはっきりと覚えていました。

そして、忘れないように日記の空いているページに書き留めたのです。

「その手紙というのは、さっきも話に出たものかい？」

「はい。お父様はアクラブに私たちと交換だとその手紙を差し出したのです。ですが、アクラブは警戒して私に読め、と。手紙にはこう書いてありました」

　私は目当てのページを開きます。

「『私にリリアーナを授けてくれて、あの子は私が生きられなかった未来を生きてくれる。私という蝋燭の命の灯はもうすぐ消えてしまうけれど、リリアーナという蝋燭にその灯を分け与えることができた。その灯は、きっと、ずっとずっと先の未来へ続いていくのよ』と、そう書かれていたのです」

　母からの贈り物のようなこの言葉を私は日記を閉じて、そっと抱き締めます。

「……今はまだ無理でも、それでもいつか、私は貴方の子どもを産みたいです。母から貰ったこの命の灯を、未来へ、繋いでいくために」

「それは……」

　ウィリアム様の顔が不安で曇ります。

　私は手を伸ばして、今度は私がその頬を撫でます。

「ウィリアム様の恐怖だって分かります。だから、見ていて下さいね。私、寝込まないようになりますから。元気に丈夫になって、あなたとモーガン先生に大丈夫と言ってもらえるように頑張ります。……だって、貴方そっくりな息子を産むのが、私の願いなんです」

　うふふっと笑って私は少し背を伸ばして、その鼻先に口づけました。

途端にウィリアム様が眉をへにょんと下げて、私をそっと抱き締めます。

「君にはやっぱり敵わないな。私の弱さをいつも認めてくれる。……その時が来るまでに私も覚悟を決めるよ」

私は日記を傍らに置いて、ウィリアム様の背に腕を回します。

「私たちのペースでゆっくり進んで行きましょう？　ウィリアム様、そう言って下さったでしょう」

「ああ、そうだな。…………だが、今は何より、君が生きていてくれて良かった」

震える声が囁くように告げました。

「……私も、生きてあなたに抱き締めてもらえて、本当に良かったです」

大きな背中をセドリックにしたように抱き締め返しました。

ほんの少し肩が濡れているような気がしますが、私は気付かないふりをして、存外、泣き虫な私の愛しい旦那様の背を時折、あやすように撫でました。

そうして私たちの寂しさを埋めるように、穏やかな夜はゆっくりと過ぎて行ったのでした。

「リリアーナ!!」

ウィリアム様の手を借りながら、馬車を降りて足が地面を捉えた次の瞬間には、私はお義母様に抱き締められていました。

「リリアーナ、わたくしの可愛い娘……っ。どれほど心配したことか……っ！」

事態を呑み込むのに一瞬、戸惑いましたが私はお義母様の背中に腕を回して力の限り抱き締め返しました。

「お義母様、ただいま戻りました……！」

お義母様の優しい匂いを胸いっぱいに吸い込んで、私は母に甘えるようにぎゅうぎゅうと腕に力を込めます。

お義母様の腕の中はウィリアム様のような力強さはないのに、その柔らかな温もりに夫とはまたどこか違う安心感がありました。

「顔を、顔を見せてちょうだい、リリアーナ……っ」

涙に濡れた声に顔を上げれば、お義母様の頬を伝った涙が私の頬にぽたぽたと落ちてきました。片腕で私を抱き締めたまま、もう片方の手で私の頬を包み込みます。

「こんなにやつれて……っ、可哀想に……」

そう告げるお義母様の頬もやつれてしまっていました。この一カ月ほど、とてもとても心配をかけてしまったのだと実感して、私の目からも涙が溢れてきます。

「お、おかあさま……っ、ごめんなさい……っ」

「貴女が謝ることなど一つもないわ。貴女は侯爵夫人として、正しい判断をしたのです……っ。私の息子を護ってくれて、ありがとう、リリアーナ……っ」

ぼろぼろと泣きながらお義母様が私の額にキスをしてくれました。色々なものが耐え切れなくなって、今度は私からお義母様に抱き着きました。お義母様がぎゅうっと力いっぱい、抱き締め返してくれます。

「怖かったでしょう……？　よく耐えました……！」

「おかあさまぁ……っ」

私は子どもみたいにわんわん泣いて、お義母様に縋りつきました。お義母様は何度も私の名前を呼びながら、私の額や髪にキスをして、ずっと抱き締めていてくれました。

「そろそろ、中へ入らないか？　二人がまた体調を崩したら大変だ」

私たちが少し落ち着いたのを見計らって、ウィリアム様に促され、私たちは身を寄せ合いながら中へと入りました。

談話室に入ると、タラッタ様とフィロメナ様、そしてグラシア様が迎えて下さいました。

「リリアーナ！」

タラッタ様に一番に抱き締められ、ついでグラシア様とフィロメナ様も一緒になって抱き着いてきました。

私も精一杯三人を抱き締め返します。

「ただいま戻りました……っ」

先ほどお義母様との再会で壊れてしまった涙腺がまだ壊れたままで、涙が止まりません。

「本当に無事でよかった！」

「おかえりなさい、リリアーナ様」

「リリアーナ様ぁ……っ！」

タラッタ様、フィロメナ様、グラシア様も涙に頬を濡らしていました。

「お義姉様！　おかえりなさい！　お義姉様のおじい様とおばあ様ももうじき到着されますよ！」

ヒューゴ様の声がしましたが、三人に抱き締められていてお姿は見えませんでした。

「さあ、皆さん、座りましょう。リリアーナはわたくしの隣です」

「シャーロット様ずるいです！」

「わたくしはリリアーナのお義母様ですから！」

そんな言い合いをしながら私たちは席に着きます。

私はお義母様の隣。反対側にはグラシア様が座りました。

「……私、夫なんだが……」

ウィリアム様がしょんぼりしながら私から見てはす向かいの一人掛けのソファに腰かけ

ました。

セドリックとヒューゴ様はお義母様側のソファに座り、タラッタ様とフィロメナ様は向かいのソファに腰かけました。

私はハンカチで涙を拭いながら、久しぶりの我が家を見回しました。

冬らしいカーテンやカーペットに模様替えは終わっていて、暖炉でぱちぱちと柔らかに炎が揺れていました。

「何はともあれ、本当に無事で良かったわ」

お義母様は私の手をご自分の膝の上で握り締めたまま言いました。

「ご心配をおかけしました。でも……レベッカさんも一緒にいてくれたので」

「あの子には感謝してもしきれないわね。ウィリアム、最高級の画材を用意してあげてね。料理長にはあの子の大好物をたくさん用意するように言わないと」

「分かってますよ」

ウィリアム様が苦笑交じりに頷きます。

そのレベッカさんはアルマス先生ともう一台の馬車に乗っていたのですが、ここにいないということは寝ているか、お腹が空いて厨房に行ったのかもしれません。

「リリアーナ、当分はワタシもジュリアと一緒に君を護衛するからな」

「そうです、もう、私もできる限りつきまといますからね！」

タラッタ様とフィロメナ様が鼻をすすりながら言いました。

私も「ありがとうございます」と鼻をすすりながら返します。

「私もリリアーナ様とシャーロット様が本調子に戻られるまで、お傍にいるように王妃様からお願いされていますから、なんでも言って下さいね」

グラシア様が私の横で拳を握り締めました。

「ですが、それではアルフォンス様が寂しがるのでは……」

「アルフォンスにはカドックがいるから大丈夫です」

急にすんと表情を失ってしまったグラシア様に私は、思わずウィリアム様を見ます。ウィリアム様は遠い目をしながら、ただ一つ、頷きました。

アルフォンス様、また何かやらかしたのですね、と私は苦笑しながら、グラシア様にお礼を言いました。

「そういえば、義兄様、アルマス先生はどこに行っちゃったんですか？」

セドリックが問いかけます。

「言われてみれば、いないな……」

ウィリアム様が辺りを見回した時、がちゃりとドアが開いて、アルマス先生が入って来ました。案内役だったのかメイドさんが一礼してドアを閉めました。

「すみません、レベッカについていったら厨房に着いてしまって……」

申し訳なさそうにアルマス先生がこちらにやって来ましたが、レベッカさんの姿はありません。

「レベッカは？」

「感動の再会を果たした料理長さんが、せっせとご飯を貢いでたよ」

ウィリアム様の問いにアルマス先生が苦笑交じりに答えました。

美味しそうにたくさん食べるレベッカさんを料理長さんは、娘のように可愛がっているので致し方ありません。

「レベッカも元気ならいいわ」

お義母様が可笑しそうに笑いながら言いました。

「アルマス先生！　ここ！　ここ空いてますよ！」

ヒューゴ様が嬉しそうに自分とセドリックの間をぽんぽんと叩きました。

アルマス先生は「ありがとう、久しぶりですね」と言いながらそこに腰を下ろしました。

セドリックもですが、ヒューゴ様もアルマス先生に懐いていたので、久しぶりの再会をとても喜んでいるのが伝わってきて微笑ましいです。

「そちらが貴方のお友だちのお医者様？」

お義母様が首を傾げます。

「はい。戦場で知り合ったのがきっかけで。アルマス、私の母のシャーロットだ」

「は、初めまして。アルマス、と申します」

「初めまして。この度はわたくしの娘がとてもお世話になったと聞いております。旅のお医者様とのことですが、この国の冬は厳しいですから、冬の間は是非、我が家で過ごして下さいね」

「こ、光栄です」

アルマス先生は緊張しきりでぺこぺこと頭を下げました。

彼の両側で、アルマス先生が我が家に滞在するという事実に、弟たちが顔を輝かせていました。

「リリアーナがよければ、今夜は我が家で盛大にお祝いしましょう。ここにいる皆とこれから来る予定のおじい様とおばあ様。あと、クリスティーナも帰って来ると言っていたわ。料理長たちもはりきっているのよ」

「はい。是非。私も料理長さんたちの料理が恋しくて」

「ガウェイン殿も来るかと。一度、公爵家に帰ってからまた来ると言っていたので。というかリリアーナから離れがたいのでしばらく滞在するそうです」

ウィリアム様が付け足しました。

「リリアーナ！」

大きな声に振り返ると肩で息をするおじい様とおばあ様がいました。

二人は私を見つけた瞬間、わっと泣き出して、私は急いで二人に駆け寄ります。するとお義母様と同じぐらい強く抱き締められました。

言葉を紡ぐ余裕もなく声を上げて泣く二人に私も治まったはずの涙がまた溢れてきて、二人を精一杯抱き締め返して、再会の喜びを分かち合うのでした。

「……あの子、海にいるのね」

おばあ様がぽつりと呟きました。

おばあ様とおじい様、そして、私の涙が治まった後、積もる話もあるでしょうからとお義母様が言って下さり、私たちは別室にいます。

私を真ん中に三人並んでソファに腰かけて、私はエルサに母の日記帳を持ってきてもらい、三人で読んだのです。

おじい様もおばあ様も途中、何度も母の名を呼んで涙を零しながらも、最後まで日記帳の上の母の日々を辿りきりました。

「……この詩が載っている詩集は、まだ我が家にあるはずだ。私も読んだ覚えがあるんだが、カトリーヌの部屋かな」

鼻の頭を赤くしておじい様が言いました。

「今度、遊びに行った際に是非、読みたいです」

「もちろん。探しておこう」

　おじい様が嬉しそうに目を細めました。

「ずっと、ずっと、あの子の人生は幸せだったのかと、あんな結婚をさせてしまって、と後悔ばかりで……でも、あの子は幸せだったのね」

　おばあ様の手は愛おしそうに日記の表紙を撫でています。

　私はおじい様とおばあ様には、母が恋した泥棒さんのことも包み隠さず話しました。

「貴族というものの中で生きるには、恋の一つも自由にできないわ。だけど、あの子はあの子なりに恋をして、そして、愛する我が子を産んで、幸せだったのね」

「……思い返してみれば、あの青年……吟遊詩人に扮して我が家に滞在していた時、よくカトリーヌの肖像画を見ていたんだよ」

「そうなのですか？」

「ああ。綺麗な人ですね、クラウディア様にそっくりですと言いながら、よくあの部屋でカトリーヌの肖像画を見ていた。何度思い返してみても、君をここに送り届けた馬車の襲撃と社交界に余計な噂を流したこと以外、あの青年が我が家で悪さをしたことはなかった。……当時、カトリーヌに言われても親として容認できる相手ではなかったかもしれないが、どれほど時間が経とうと褪せぬ愛を得られたことは、きっとお互いにとって幸せなことだよ」

そう言っておじい様も私の膝の上の日記を撫でました。

二人ともまるで母の――娘の頭を撫でているかのように、慈しんで、愛おしそうに日記を撫でていました。

「ねえ、あなた。春になったら旅行に行きませんか？　あの子に会いに、港町のソレイユにでも。あそこがここから一番近い海だわ」

おばあ様の提案におじい様が「それはいい」と頷きました。

「でしたら、指輪の盗難に気を付けて下さいね」

「そうね、それは気を付けないと。もし時間が合えばリリアーナもどうかしら。カトリーヌに会いに行きましょう」

「はい。ウィリアム様に話してみます。私も……お母様に会いたいです」

母のことを全く知らない人生でした。

だから母を恋しく思ったことは、薄情かもしれませんがありませんでした。

ですが、母親の温もりをお義母様に教えてもらった今、母の想いを知った今、母に会いたいと、母に抱き締めてほしいと、初めて思いました。

おじい様が私の肩を抱いて、おばあ様が私に寄りかかり、お二人の手は私の膝の上の日記をいつまでも愛おしそうに撫でます。

しばらくそうして過ごしていると、こんこんと控えめなノックの音が聞こえました。

「どうぞ」

おじい様が返事をするとウィリアム様が顔を出しました。

「少し早いですが、夕食の仕度が整ったそうです。いかがですか？」

「もうそんな時間か。大丈夫かい、クラウディア、リリアーナ」

「ええ」

「はい。言われてみるとお腹が空きました」

私たちはソファから立ち上がります。

「おじい様、おばあ様、ウィリアム様、先に行って下さい。私は、日記をしまってきます」

「だが……」

過保護なウィリアム様が眉を下げます。

「ダイニングの場所は分かっているから、大丈夫だよ。ウィリアム君、孫娘を頼んだよ」

「はい！」

途端に嬉しそうにするウィリアム様におじい様とおばあ様は顔を見合わせて、くすくすと笑っていました。

私は差し出された腕に手を添えて、階段のほうへ、おじい様たちはダイニングのほうへと歩き出します。

「……リリアーナ」

　ふいに呼ばれて足を止め、ウィリアム様と顔を見合わせてから振り返りました。

　おじい様とおばあ様が優しく微笑んでいました。

「そういえば、きちんと言ったことがなかったと思ってね。リリアーナ……生まれてきてくれてありがとう」

「貴女に出会えて、本当に幸せよ」

　その言葉に私は、涙が零れそうになるのをぐっとこらえて微笑みました。ウィリアム様の力強い手が私の肩をそっと抱き寄せ、支えてくれます。

「私もお母様の娘として、そして、お二人の孫として生まれてこられて、幸せです」

　二人は、私の言葉にただただ優しく笑って頷くと「先に行っているよ」と告げて、こちらに背を向けダイニングへと歩き出しました。

　私は一粒（ひとつぶ）だけ零れた涙を拭って顔を上げます。

「行きましょう、ウィリアム様」

「ああ」

　ウィリアム様の手が私の腰に移動します。

「春になったら、お母様に会いにお二人は海に行くんだそうです」

「海に？」

「ウィリアム様、今夜はお家にいますか？」

「ああ。また明日から仕事だが……」

「でしたら、今夜、眠る前に聞いて下さいませ。私の母が海にいるだろうその理由を」

私の言葉にウィリアム様は、気になるな、と顎を撫でました。その仕草さえ愛おしくて、
私はウィリアム様に身を寄せて、母の日記をぎゅうっと抱き締めるのでした。

終章 ― 未来へ続いていく幸福

そうして時は流れて数年後――

「エトワール、今日も可愛いですねえ」

私は、ゆりかごの中で眠っていた、目覚めたばかりの最愛の息子を抱き上げました。

三カ月前に生まれたばかりの息子は、むちむちです。

見た目と髪の色はウィリアム様そっくりで、目の色だけが私に似た可愛い、可愛い息子です。

エトワール・ウィリアム・ド・ルーサーフォード。それがこの子の名前です。

エトワールという名前は、ウィリアム様と二人で悩んで悩んで、生まれる一カ月ほど前に決めたものです。どちらが生まれるか分からなかったので、男の子用と女の子用の名前を用意していました。

幸い私は、少々つわりには悩まされましたが、妊娠中も穏やかに過ごし、出産も母子共に無事に終えることができました。

この子が生まれて三カ月が経つのですが、侯爵家はいまだにお祭り騒ぎで、ガウェイン様や祖父母も大はしゃぎで、なかなか大変です。

セドリックとヒューゴ様は現在、全寮制の学院に通っています。でも、学院の休みの度にエトワールに会いに帰ってきてくれて、セドリックもヒューゴ様も甥っ子にメロメロです。

学院を卒業して騎士になったクリスティーナも仕事休みには会いに来てくれるのですが、抱っこをして離さなくなるのでウィリアム様とお義母様とよくケンカをしています。

ウィリアム様はとにもかくにもメロメロです。

「貴方のお父様ったら、今日もお仕事に行きたくないって駄々をこねて大変だったのですよ。しかも止める役目のフレデリックさんも、自分もエルサから離れたくないからって『いい案ですね』と言うから余計に大変だったんですから」

実はエルサも今現在、身重で、なんと臨月を迎えているのです。

ただ、信じられないことにエルサはエトワールが生まれるまで自分が妊娠していることに気付いていなかったのです。

私が出産を終えた日の夜、なんだか体調が優れず、お腹が張っていることに気付いたそうです。エルサは長時間、私の出産で神経を張り詰めていたからかな、と思いつつ、モーガン先生に相談した結果、妊娠が発覚したのです。エルサは、昔から月の物が不順で、お腹が目立たない妊婦さんだった上、つわりも何もなかったので、なんか太ったなと思っていたそうです。

私は、ウィリアム様と共に仕事から帰ってきたフレデリックさんをエントランスでお迎えした際「フレデリック、私妊娠したみたい」とエルサに言われて、喜ぼうとしたところで「多分だけど、もう七カ月ですって」と続いた言葉に固まり、あんなに驚いて動揺するフレデリックさんを見たのは後にも先にもあの時だけでした。

エルサは妊娠をひとしきり喜んだ後、でしたら私が坊ちゃまの乳母にと言ってくれましたが、私は自分で育てたいとお願いして、エルサやアリアナ、お義母様、おばあ様、皆さんの手を借りながらですが、なんとか頑張っています。

ですが、そのエルサが私の傍を離れようとせず、臨月になり産休期間に入っても侍女の仕事を休もうとしないので、フレデリックさんの心配は分かる気がします。

ちなみに今日は、奥様命令を出してエルサはお休みです。お休みしてくれているといいのですが。

「午後は、お母様のお友だちがお祝いに来てくれるのよ」

そのためエトワールはいつもよりおしゃれな服を着ています。

今日はルネ様とクロエ様、そして、フィロメナ様が来てくれる予定になっているのです。

私が誘拐された事件から数年、本当に色々なことがありました。

一番大きな出来事は、フォルティス皇国が崩壊したことでしょう。

内部を黒い蠍に浸食されていた皇国は、黒い蠍の裏切りを受けて呆気なく崩壊してしまったのです。

周辺諸国を巻き込んでの戦争を目論んでいた大国の崩壊は、混乱を招きましたが、戦争反対派であった皇太子一派がその主権を握ったことにより、次第にフォルティス皇国とその周辺諸国にも平穏が訪れました。

現在、フォルティス皇国という名はもうありません。三つの大きな民族の独立を許可したため国としての規模も小さくなりました。今は、皇太子一派が中心となり小さな民族をまとめ、保護しながら国としての再建を図っているそうで、我が国でも多大な支援をしていると聞いています。

おかげでタラッタ様は、騎士団で見つけた我が国の侯爵家の四男で優秀な騎士であった男性を婿として、一年前に自国へ帰りました。

フィロメナ様は、王都にお店を開き、前にも増して精力的に商売に勤しんでいるそうです。私の妊娠を報せるとすぐに研究に取り組み、赤ちゃん用の石鹸やクリームなどを開発してくれました。この子の繊細な柔肌にはぴったりです。

「グラシア様にも会いに行きましょうね」

驚いたことにグラシア様も、なんとこの子を産んだ翌日に男の子を出産されたのです。

妊娠中もよく家出をして来ていたグラシア様ですが、今では立派な王太子妃として、公務に慈善活動にと精力的に活動しておられます。アルフォンス様は年々彼女に頭が上がらなくなってきています。

「アルマス先生も貴方に会いたがっているわ。もっとお外が暖かくなったら一緒に孤児院に行きましょうね。子どもたちも貴方に会えるのを楽しみにしてくれているのよ」

ベビーベッドの近くの窓際には、孤児院の子どもたちがくれたお祝いのカードが飾られています。

アルマス先生は、あの騒動の後、冬を我が家で過ごし、その翌年の春からは侯爵家が運営する孤児院でお医者様として働いて下さっています。時折、お休みの日にレベッカさんの不摂生を正しに我が家を訪れ、庭先で彼女を日干ししている姿を見かけます。

侯爵家の女性陣の間では、アルマス先生とレベッカさんが結ばれるのでは、と話題なのですが、どうにものんびりしたレベッカさんに、アルマス先生の想いはまだまだ伝わりそうにありません。

私はエトワールを抱えたまま、ゆらゆらと体を揺らします。

エトワールは、ご機嫌ににこにこしていて、とても可愛いです。

「リリアーナ！　エトワール！」

バンと勢いよくドアが開いて、仕事に行ったはずのウィリアム様が飛び込んできます。

「あなた！　お仕事はどうなさったんですか！」

眉を吊り上げた私にウィリアム様は「休憩時間だから！」と口早に告げてこちらに来ると私の腕の中を覗き込み、息子をすっと奪って抱えてしまいました。

「お父様だぞ〜」

「もう！　二時間前にお仕事に行ったばかりなのに……！」

私は隠しきれないため息を零します。

「フレデリックも休憩を取りたいって言うから」

「もう……！」

もう、しか出てきません。今頃、エルサも同じく呆れ果てているでしょう。

「奥様！　またまた贈り物でーす！」

ウィリアム様が開け放したドアからアリアナが大量の贈り物を抱えて部屋に入って来ました。彼女は相変わらず力持ちです。

「公爵様とエヴァレット子爵家のおじい様とおばあ様からです！　あと大奥様がまたお買い物に行かれました！」

「まあ、お父様ったら……おじい様とおばあ様も、お義母様まで……もう充分ですと言っているのに」

ガウェイン様とお義母様、お義父様は初孫だと大喜びで、おじい様とおばあ様も可愛いリリアーナの産んだ可愛いひ孫と大はしゃぎで、連日、どれだけ断っても赤ちゃん用品が届くのです。私は息子が同じ服を着ているところを見たことがありません。

「いつもの部屋にお願いします。後で仕分けないと……」

はーい、と返事をしてアリアナはエトワール専用の贈り物置き場として使われている部屋へ運ぶために出て行きました。

どうしたら、いったん落ち着いてくれるのかしら、と私は頭を悩ませてしまいます。

「……ところでリリアーナ」

急に真面目な声で名前を呼ばれて振り返ります。

ウィリアム様はなんだか拗ねているような、困っているような複雑な顔をしていました。

「渡すかどうか、悩んだんだが……あいつには、世界平和に関して借りがなくもないこともないような気がするから、まあ、うん。今回も孤児院を通してきた」

なんだか随分と歯切れの悪いことを言って、片腕にエトワールを抱え直したウィリアム様が、懐から一通の手紙を取り出して、私に差し出しました。

私は「孤児院を通してきた」という言葉に思い当たる相手がいました。手紙を受け取って中身を取り出します。

『おめでとう』

そう一言だけ書かれた便せんの下に『泥棒さんより』と書いてありました。

「……あいつは、あの火事以来、どこにいるのかもさっぱり分からんのにな。こういうことだけはしてくるんだ」

そう言ってウィリアム様が顔をしかめました。エトワールが不思議そうにそんなお父様の姿を見ています。

「ふふっ、お母様が見張っていて下さるから、もう悪いことはしませんよ」

私は思いがけない方からのお祝いの手紙を封筒に戻しながら言いました。

あの日、炎の中に消えて行ったアクラブは、その後、どれほど手を尽くしても消息は分かりませんでした。やはり火事で骨も残さず燃えてしまったのでは、と思われていました。

ですが、あの火事から二年経ち、フォルティス皇国が崩壊した年に孤児院を通して、私に一通の手紙が届きました。

『元気にやってる』

ただ一言、そう書いてあり、同じく『泥棒さんより』と差出人の名前が書いてあったのです。これにはウィリアム様を始め、皆さん驚いて騎士団は慌ただしくなったのですが、結局彼がどこで何をしているのかは、どれほど探っても分からなかったそうです。

あれ以来、黒い蠍の名も年々、聞かなくなっています。

「あいつは本当に何が目的で、フォルティス皇国を壊したんだかなぁ……」

ウィリアム様が途方に暮れています。

「だから言っているじゃありませんか。私のお母様が『戦争を盗んで』と言ったから、盗んで行ったのだと。もしいるとするなら、きっと海の傍か、海の上ですよ」

ふふっと笑うとウィリアム様は腑に落ちないと唇を尖らせます。

その昔、母の生家である子爵家に吟遊詩人として忍び込んだあの人は、故郷を戦争で失くしたと言っていました。嘘か本当かは分かりませんでしたが、母の手紙でそれが本当のことだったのだと知りました。

母が『泥棒さん』の故郷が失われた理由に悲しんで、手紙に戦争を盗んで、海の底に捨ててほしいと書かれていたから、泥棒さんは自分の故郷を奪った戦争を盗んで行ったのだと私は思っています。

とはいえ、騎士であるウィリアム様には、どうも理解しがたいことのようでした。

この周辺諸国一帯に名を轟かせた悪の組織が、末端の残党だけを残して中心部は綺麗さっぱりいなくなってしまったので仕方がありません。

正直なところ私にも泥棒さんが戦争をなくすために動いていたのかなんて分かりません。

黒の蠍という組織が犯し尽くした犯罪についても、なんの擁護もできません。

もしかすると本当は国を乗っ取って大きな戦争を起こそうとしていたのかもしれないし、

もっと別の目的を持って悪事を働いていたのかもしれません。

ですがきっと、あの手紙を手にした彼は、戦争を盗んで行った大泥棒だっただけなのだと思うのです。

「そうだといいがなぁ。まあ、あいつが悪いことをしても私が取り締まっていくさ。なんたって、エトワールのお父様は、すごーい騎士様だからなぁ」

ウィリアム様がでれでれの笑顔でエトワールにキスをします。息子はきゃっきゃっと声を上げて笑い出し、ますますウィリアム様の顔から締まりがなくなります。

なんて幸せな光景でしょうか、と私はその眩しさに目を細めます。

伯爵家の薄暗い部屋にいる頃の私に「貴方は将来、夫そっくりな子を産むのよ」と言っても信じられないでしょう。

まさかこんなにも幸せな結婚をするなんて、あの時の私は想像さえしていなかったのです。

偽りだと嘆いた幸福は、永遠の幸福に、そして、未来へと繋がっていく幸福になったのです。

こんなに幸せなのに、ここ数年で欲張りになってしまった私は、つんと夫の服の袖を摘まみます。

「……私にキスはして下さらないんですか、旦那様」

顔を見られなくて、視線を逸らしたまま私はウィリアム様におねだりします。

「はう……っ、わたしのつませかいいち、かわいい……っ」

何事かをウィリアム様が呻き出しますが、相変わらずこの発作は突然なのです。エトワールは可愛いのでしょうがないですね。

「……ウィリアム様？」

私がおねだりしているのに、と上目遣いに彼を見上げると、エトワールに向ける笑顔と同じくらいの笑顔が私に向けられていました。

「愛しているよ、リリアーナ」

ちゅっと唇に降ってきたキスに、単純な私の機嫌はすぐに上向き修正されます。

「うふふ、私もです、ウィリアム様」

私も背伸びをしてウィリアム様にキスを返しました。

するとウィリアム様の腕の中にいるエトワールが「あーあー」と声を上げました。その顔を覗き込むと心なしか、不満そうな顔をしています。

「あらあら、仲間外れにしてって怒っているのかしら」

「それか私の息子だからな、君を取られるのが嫌なのかも」

うんうんとウィリアム様が訳知り顔で頷きます。

「でしたら、私の息子でもありますから、あなたを取られるのも嫌なのかも」

「ははっ、それは困ったなぁ」

全然、困っていない様子で笑うウィリアム様につられて、私もくすくすと笑み(え)を零します。

「あーうー！」

仲間外れ反対！　と声を上げているような気がする息子に私たちは顔を見合わせ、順番にその頬(ほお)や額にキスを贈ります。

「エトワール」

指を差し出すと小さな小さな手がぎゅうっと握り返してくれます。

星色の瞳(ひとみ)が映し出す世界が、どうか美しくありますように。

「愛しているわ、私の可愛いエトワール」

もう一度、キスをするとエトワールは嬉(うれ)しそうに可愛(いと)らしい笑みを浮(う)かべてくれました。

その姿に私たちはまた笑い合い、寄り添い合って、愛しい我が子を眺(なが)めるのでした。

おわり

番外編　海の見える丘にて

「エトワール、転ぶなよ！」

「はーい！」

今年、五歳になった息子は返事をしながら元気よく走って行きます。ウィリアム様が慌てて追いかけて行きました。

私は腕に抱いた今年の春に生まれた娘のセレーネを抱え直し、エルサとアリアナと共にのんびりと後を追います。

私たちが向かっているのは、港町ソレイユの小高い丘の上に作り直された私の母――カトリーヌのお墓です。

「お父様、うみ！　うみだよ！」

「分かったから、止まれ！　……よーし、捕まえた！」

ウィリアム様に捕まった息子がきゃらきゃらと笑う声が心地よく響きます。

季節は秋で、穏やかな日差しと爽やかな風が心地よいです。

あの事件を経て、母が海にいると信じるエヴァレット子爵家の祖父母が、エイトン伯爵家のお墓で眠っていた母を、港町ソレイユのこの小高い丘の上に移したのです。それはとても大変なことでしたが、ウィリアム様やアルフォンス様のお力添えもあり実現できました。

エトワールが生まれた年に始動したこの計画は、五年の歳月をかけて無事に遂行され、ようやくここまで来ることができました。

真っ白な墓石は、母に似せた天使様をかたどっていて、真っ青な広い海と空を眺めるように建っていました。

穏やかな秋の今日は、お母様の命日です。

「お母様、もうおはながかざってあるよ」

「本当だ」

一足先に到着したエトワールが気付いて、息子を抱えるウィリアム様が頷きました。

私もすぐに追いついて、お墓を覗き込みます。

そこに美しい真っ赤な薔薇の花束が供えられていました。

それとは別に台座にある花瓶に真っ白な百合も飾られています。

「おじい様たち、さきにきたのかな」

「ええ。お母様の好きな百合のお花を持って行くと……」

おじい様とおばあ様は、春と秋の間は、ソレイユの別宅で過ごしています。今日も、お墓参りを終えたら、会いに行く予定です。

「お母様、カードがおちてる」

ウィリアム様の腕から降りたエトワールが花束の陰に隠れていたそれを拾い上げました。

そこに書かれていたメッセージにウィリアム様が息を呑み、私は「まあ」と驚きを零しました。

『愛する女神様へ
　君の泥棒さんより』

「フレデリック、今すぐソレイユの騎士団」

「ウィリアム様」

私は騎士の顔になった夫を止め、その腕にセレーネを抱かせました。

「きっと捕まりませんよ。それに……これは恋人からの贈り物ですもの」

私はエトワールからカードを受け取って、風に飛ばされないよう、薔薇の花束の中に差し込みました。

エトワールが生まれた時にもメッセージをくれた泥棒さんは、もちろんセレーネが生まれた時もお祝いのメッセージをくれました。

どちらの時も大々的に捜査をしたのですが、痕跡の一つさえ見つかりませんでした。

「それに……おじい様とおばあ様が、貴族墓地から、ここへ移したのは……お母様が愛する人に自由に会えるようにするためですもの」

貴族墓地は、その名の通り、多くの貴族が眠っています。高価な副葬品なども共に眠っているため、厳重な警備が敷かれていて、私たち貴族でさえお墓参りに行くのには事前の申請が必要になります。ですが、ここはエヴァレット子爵家が買い上げた土地で誰でも自由にここへ来ることができます。

おじい様もおばあ様もお母様のお兄様や、私たちも、そして、あの人も。

「……せめて町に戻ったら、一応、確認ぐらい」

「ええ、ここに騎士様が来ないのならご自由に」

顔をしかめたウィリアム様に、私はくすくすと笑います。

エルサがコスモスの花束を渡してくれたので、それを薔薇の花束の隣に置きます。

「お母様。ここに、お母様のお母様がいるの？」

「ええ、そうよ」

「ちゃんと挨拶できるか？」

うん、と頷いてエトワールが背筋を伸ばします。

「はじめまして、おばあ様。ぼくはエトワール・ウィリアム・ド・ルーサーフォードです！　五さいです！」

ウィリアム様の真似をするように騎士の礼をとる息子はとても可愛いです。

「お母様、遅くなってしまいましたが、私とウィリアム様の息子と、娘のセレーネ・リリアーナ・ドゥ・ルーサーフォードです」

ウィリアム様が私の隣にしゃがみ込んで、自分の膝にセレーネを座らせて、母に見せてくれます。

セレーネは、髪の色以外、本当に私にそっくりです。髪の色は、お義母様に似たのか綺麗な金色です。

祖母から母へ、母から私に。私から息子と娘に受け継がれた星色の瞳がきょとんとしてお墓を見ています。

「あー、うー！」

突然、にこにこしながらセレーネが手を伸ばしました。

「どうしたんだ？　セレーネ」

「ふふっ、お母様が来てくれたのかもしれません」

きゃっきゃっとセレーネが手を伸ばします。

「え！　どこどこ？　おばあ様、ぼくもいますよ！」

エトワールが元気よく自分の存在を知らせます。

すると突然、海からぶわりと強い風が吹いて、私は慌てて帽子を押さえました。

爽やかで優しいその風は、私たちの髪をまるで撫でるように揺らします。

「あ！」

エルサが声を上げました。

花束の中に隠したカードが風にさらわれていってしまいました。

追いかけますか、というエルサに私は首を横に振りました。

「び、びっくりした」

エトワールの髪が風でぐしゃぐしゃです。

「ふふっ、おばあ様が可愛いエトワールに挨拶をしてくれたのかもしれませんね」

「ほんとう？　おばあ様、ありがとう！」

風がやって来た海に向かって叫ぶ息子の髪を撫でて直しながら、私は泣きたくなるような、不思議な気持ちをどうにか落ち着けました。

なんだか初めて母に触れたような気がしたのです。

「よし、挨拶も終えたし、ひいおじい様たちのところへ行こう。きっと、首をながーくしてお待ちだよ」

そう言ってウィリアム様が立ち上がりました。

「うん！　セディ叔父様とヒューゴ叔父様もきてくれるから、いっしょにおふねをみにいくんだよ。お母様、はい、どうぞ！」

秋の休暇を利用して、セドリックとヒューゴ様もこちらに来る予定なのです。

エトワールが差し出してくれた手を取り、立ち上がります。

そして、私たちは馬車へと歩き出します。

「ねえ、おばあ様は、どんなひとだったの？」

「優しくて、すこーしお転婆(てんば)な素敵(すてき)な女性よ」

そう答えた私に、エトワールは「そっかぁ」と分かったような、分からないような顔をしました。

その顔が、なんだかたまらなく愛おしくて、私とウィリアム様は顔を見合わせ、穏やかに笑い合いました。

「カトリーヌ」

誰もいなくなった丘の上で、俺は愛(いと)しい人の名前を呼ぶ。

「お前の娘は、今じゃ立派な二児の母だ。どっちも安産で産後の肥立(ひだ)ちも順調だ。……お前が守っているのかな」

真っ白な天使をかたどる墓石は当たり前だが何も言わない。

リリアーナは幸せそうだ。可愛い息子と娘に恵(めぐ)まれて愛する夫と共に生きる彼女は、恐(おそ)

ろしいほど美しく、常に幸せに満ち溢れている。

身勝手に妬んでしまいそうな心を何度、殺したか知れない。

百合と薔薇の芳香に酔ってしまいそうだ。可憐なコスモスの花束は、彼女の娘らしい柔らかさがある。

「……カトリーヌ。俺にも応えてくれよ、孫に応えるなら、俺にだって」

触れた天使の頬は、当たり前のように冷たく硬い。あの日、棺の中にいた彼女と同じ温度だ。

「お前の言う通り、戦争だって盗んでやったんだ。リリアーナが無事に子どもを産むのだって見届けた。……そろそろ俺もそっちに行っていいか？」

愛しい人は、何も応えてくれない。

俺は目を閉じる。

彼女と過ごした日々は、いつだって俺の心の中の宝をしまう場所にある。

『貴方の話が一番面白いわ。歌も上手だし、楽器を練習して、吟遊詩人になったらどうかしら？』

『俺は泥棒のほうが性に合ってんだよ』

『ふふっ、じゃあ天下の大泥棒になってね』

『ばーか。ははっ、なんだよ、天下の大泥棒って』

　誰より現実を見ているのに、夢見がちで純粋で突飛で、可愛い女だった。

『ねえ、泥棒さん。現実って苦しいことばかりだわ。この間も熱が下がらなくて死ぬかと思ったけど……貴方に会いたくて、頑張ったの』

『……おう』

『あと何回頑張れるかなって思う時もあるけれど……泥棒さん。長生きしてね』

『はぁ？』

『わたくしが貴方より長生きするのは無理そうだから、わたくしの分も長生きして、色んなものを見て、知って、それを天国にいるわたくしにお話ししに来て』

『……縁起でもねえこと言うなよ』

『だいじょーぶよ。わたくしだってわたくしなりに長生きするつもりだもの。ね、いいでしょう？　貴方のお話が、わたくし、一番、好きなんだもの』

　無邪気な笑顔が何より好きだった。

　星色の瞳が、本当に星の光を宿したかのようにキラキラ輝く瞬間が、何よりも愛おしかった。永遠にその輝きを見つめていたかった。

「…………じゃあ、長生き、してやるから。お前のひ孫の顔まで見て、そんで……お前に話してやるよ。リュートだってお前のせいで得意になったんだ。お前の遺したものが、どれだけ幸せだったかってことを、俺がお前に教えてやる」

その瞬間、ぶわりと海から強い風が吹いた。

長い黒髪がばさばさと揺れてあまりの強さに目を閉じる。

『ねえ、泥棒さん。約束よ』

凛としたその声が耳元で聞こえて、はっと息を呑む。

目を開けた時には風は止んで、誰もいない丘は静寂に包まれている。

俺は両目から勝手に溢れるそれを隠すように天使様の肩に突っ伏した。

冷たくて、硬くて、温もりの一つもないくせに。

「ばーか……っ」

みっともなく震えてしまった声が苦々しい。

「お前との約束、破ったこと、ないだろ……っ。戦争を盗み去る天下の大泥棒にもなったんだぞ。……待ってろよ、カトリーヌ」

俺の心の中で、ふわりと花咲くようにカトリーヌは、星色の瞳をキラキラさせて、それはそれは美しく笑った。

あとがき

お久しぶりです、春志乃です。
この度は『記憶喪失の侯爵様に溺愛されています　これは偽りの幸福ですか？』八巻をお手に取っていただき、心より御礼申し上げます！
今回は、リリアーナが生まれたその理由に迫りました。

アクラブがどうしてリリアーナに執着するのか。

その理由を皆さんにようやくお届けできました。

そして、リリアーナの実家であるエイトン伯爵家の闇も。

リリアーナの母・カトリーヌは、美人だけれど病弱で、他に好きな人がいる男のところへ嫁いで、娘を産んで亡くなってしまいました。

僅か十八年の人生は、幸せだったのかと周囲の、特にご両親にとっては悩ましいことだったと思います。

でも、リリアーナが数々の苦難を乗り越えて今の幸せを摑み取ったように、カトリーヌも確かに幸せだったのだと思います。

このシリーズは全体を通して、幸福というものがテーマでした。

幸せには一つとして同じ形はなく、綺麗な感情ばかりが詰め込まれているわけでもありません。他人から見たら不幸でも、本人から見れば幸福であること。幸せになれる場所も違えば、なれる理由も違うこと。

リリアーナのように肩の力を抜けば、見えるものもあるはずです。

読者の皆様にも、あなただけの幸福が見つかりますように。


さて、最後になりましたがシリーズ八巻。末広がりの八で終えること、物語は終わってもリリアーナたちの幸福は末永く続いていくのだと私は思っています。

ここまでこられたのは担当様やイラストを担当して下さった一花夜先生やコミカライズに尽力して下さっているここあ先生、そして関わっていただいた全ての皆様、こうしてシリーズを追いかけ続けてお手に取って下さった皆様、WEB掲載時から応援し続けて下さる皆様、支えてくれた家族、友人たちのおかげです。心から感謝いたします。

またどこかでお会いできる日を心待ちにしております。

春志乃

初めて読ませて頂いた時
登場人物それぞれに違う愛の形に泣き
最終巻も やっぱりずっと涙目で読んでいました
「記憶喪失の侯爵様からファンになりました」
と言われる事が この5年間とても多く
思い入れの強い作品となりました
暖かさの化身である春志乃先生
怖いぐらいしごできの担当様
手に取って下さった読者の皆様も
いっぱい幸せになりますように!
一花夜

■ご意見、ご感想をお寄せください。
《ファンレターの宛先》
〒102-8177 東京都千代田区富士見2-13-3
株式会社KADOKAWA ビーズログ文庫編集部
春志乃 先生・一花夜 先生

●お問い合わせ
https://www.kadokawa.co.jp/（「お問い合わせ」へお進みください）
※内容によっては、お答えできない場合があります。
※サポートは日本国内のみとさせていただきます。
※Japanese text only

記憶喪失の侯爵様に溺愛されています 8

これは偽りの幸福ですか？

春志乃

2024年6月15日 初版発行

発行者 山下直久
発行 株式会社 KADOKAWA
〒102-8177 東京都千代田区富士見2-13-3
（ナビダイヤル）0570-002-301
デザイン 永野友紀子
印刷所 TOPPAN株式会社
製本所 TOPPAN株式会社

ISBN978-4-04-738007-3 C0193

定価はカバーに表示してあります。
◇◇◇

FLOS COMICより
コミカライズシリーズ発売中！
記憶喪失の侯爵様に
溺愛されています
これは偽りの幸福ですか？
リリアーナ！
コミックでも君を見ていいか
漫画 ここあ
原作／春志乃
キャラクター原案／一花 夜
カドコミ内
フロースコミック
公式サイトはこちら

ビーズログ文庫
小動物系令嬢は氷の王子に溺愛される
王太子妃も小動物扱いもお断り！なのに殿下の溺愛は加速中!?
①〜⑦巻、好評発売中！
翡翠（ひすい）
イラスト／亜尾（あお）あぐ
試し読みはここをチェック★
"氷の王子" ことウィリアム殿下の婚約者に選ばれた伯爵令嬢リリアーナ。って、王太子妃なんてお断りです!! 何が何でも婚約解消するぞと策を講じるけれど、小動物を愛でるような殿下の甘々っぷりが強敵すぎて…!?